典耀中华

中国文学大奖获奖作家作品集

时间的海

朝颜 著

主编 王子君

副主编 沈俊峰

陈晨

北京时代华文书局

图书在版编目（CIP）数据

时间的海 / 朝颜著 . -- 北京 : 北京时代华文书局 , 2025.6. -- (中国文学大奖获奖
作家作品集 / 王子君主编). -- ISBN 978-7-5699-5399-7

Ⅰ . I267

中国国家版本馆 CIP 数据核字第 2025AE6888 号

SHIJIAN DE HAI

出 版 人：陈 涛
项目统筹：张彦翔
责任编辑：邢秋玥
执行编辑：崔楠楠
责任校对：陈冬梅
装帧设计：李 超
责任印制：刘 银

出版发行：北京时代华文书局 http://www.bjsdsj.com.cn
　　　　　北京市东城区安定门外大街 138 号皇城国际大厦 A 座 8 层
　　　　　邮编： 100011　电话： 010-64263661　64261528
印　　刷：三河市人民印务有限公司
开　　本：710 mm×1000 mm　1/16　　　　成品尺寸：155 mm×220 mm
印　　张：13　　　　　　　　　　　　　字　　数：180 千字
版　　次：2025 年 6 月第 1 版　　　　　印　　次：2025 年 6 月第 1 次印刷
定　　价：69.00 元

中国文学大奖获奖作家作品集
编　委　会

出版说明

20世纪八九十年代，茅盾文学奖、鲁迅文学奖、老舍文学奖相继设立，一批批优秀的文学作品通过评奖活动为广大读者所熟知、追捧，在社会上引起强烈的反响，并得以跨越时空流传。这说明，文学的繁荣不仅需要国家政策的大力支持，更需要社会力量的广泛参与。进入21世纪，随着文学创作队伍不断扩容、优秀作品不断涌现、阅读热潮不断兴起，设立的文学奖项也越来越多。虽然多得有令人眼花缭乱之感，但不可否认的是，其中不少奖项已产生了巨大的社会效益，不少优秀作品、优秀作家脱颖而出，这对于中国文学事业的蓬勃发展起到了促进的作用。

2023年春，教育部等八部门印发《全国青少年学生读书行动实施方案》。随后，122家国家语言文字推广基地共同发出"典耀中华"主题读书行动倡议。多家具有文化情怀的出版社和出版机构立即响应，相继推出各种适合青少年阅读的图书。就是在这种背景下，"中国文学大奖获奖作家作品集"书系（以下简称"获奖书系"）应运而生。

获奖书系由北京世图文轩文化发展有限公司（以下简称"世图文轩"）策划、北京时代华文书局有限公司（以下简称"时代书局"）出版。我非常荣幸地受邀担任主编。

世图文轩成立于2010年，系在北京市乃至全国较有影响力的图书发行公司之一，曾获得"重合同守信用企业""诚信经营示范单位"等荣誉称号。长期以来，世图文轩和众多出版社进行合作，获得了合作伙伴的一致好评。而时代书局立足时代，矢志书写时代，为时代的文化产业大改革、大发展、大繁荣做出贡献，是一家有远大梦想、有创新理念、有品牌追求、有精品面市的出版单位。在"典耀中华"主题读书行动倡议中，世图文轩和时代书局决策层敏锐地抓住机遇，迅速策划获奖书系选题，彰显优秀出版人的眼光、魄力与胸怀，以及通过出版优秀作品提高文化市场发展质量的理想。这样两家致力于图书策划、出版的企业，其品牌信誉是毋庸置疑的。

为大众，特别是成长中的青少年读者集中推送一批中国各种散文奖项获奖作家的个人作品集，是一件虽然困难，却功在当代、利在未来的大好事，我能参与其中，深感荣幸，同时一种使命感、责任感以及担当精神也油然而生。

经过反复讨论，我们先选择向茅盾文学奖、鲁迅文学奖、"五个一工程"奖、全国少数民族文学创作骏马奖、中国人口文化奖、冯牧文学奖、冰心散文奖、百花文学奖、丰子恺散文奖、朱自清散文奖、汪曾祺文学奖、中国报人散文奖等12种奖项的获奖作家征集书稿。后因个别奖项参与者少，又做了适当的调整。书系规模暂定为100部。相对于众多的奖项、庞大的获奖者队伍和现今激增的作家人数，100部显然太少，但作为一种对获奖作品的梳理、对获奖作家的检阅的尝试，或许可以管中窥豹，从中观察到我国这几十年来散文创作的大致样貌。我们希望此书系今后可以持续出版，力争将更多的有影响力的奖项与获奖者的优秀作品纳入，形成真正的散文大系。

令人特别感动的是，刚开始组稿时，王宗仁、陈慧瑛、徐剑、韩小蕙、王剑冰、蒋子龙等作者就对书系表现出极大的支持和信任，并在第一时间提供了书稿以示鼓励。随着组稿工作的开展，我们发现，众多作家都表现出对这个书系的浓厚兴趣与高度认可，他们对当代散文创作事业的发展前景有着共同的期待与信心。这对我和我的编委团队无疑是一种巨大的鼓舞。

组稿虽然费了不少周折，但总体上比想象中顺利得多。当然，非常遗憾的是，一部分作者的作品由于版权授出等原因，未能加入这个书系。

书系里，名家荟萃，佳作如林。有的，曾代表过一种新的创作范式；有的，曾开启过一种新的创作方向；有的，对某一题材开掘出更深、更独特的思想；有的，有引领某类题材与风格的新面貌；等等。100部，就是100种人生故事、100种生活态度、100种阅历见识、100种思维视角、100种创作风格。无论是日常生活、人生成长还是哲理思考，我们都跟着作者们去感受、感悟、感怀——由100部书稿组成的书系，构成当代散文创作的一个缩影。

要做好这样一个大工程，具体的、烦琐的编辑事务远远超出了我们的预想。但是，我们没有知难而退。我们困于其中，也乐于其中。

在组稿、编辑过程中，我思考一个问题：我们为什么要读书？

每年的4月23日，是"世界读书日"。据说，每到这一天，会有100多个国家举行读书活动，旨在提醒人们重视阅读。我无法用一大段富有理论价值的话语来论断为什么要阅读，但以我个人的阅读感受，我坚信，只要阅读，就一定会有用——在浩瀚无垠的宇宙里，我们不过是一粒粒微尘，但阅读也许能让一粒粒微尘落在坚实的大地上，变成一粒粒微尘般的种子吧。而且，我认为阅读要趁年少。年少时你读过的书，你背诵过的诗歌、散文、格言、小说章节，随着时间的推移，你可能会淡忘，可能很难再复述出它们的具体内容，但其实它们早已对你的人生产生了潜移默化的影响，你从这些书中汲取到的营养，已经融入你的价值观、世界观和你的生活哲学。因此，我们组织的书稿，必须能成为真正可读的、有营养的、有真善美力量的作品，能真正在人心里沉淀下来。

习近平总书记在文艺工作座谈会上讲话时指出："优秀文艺作品反

映着一个国家、一个民族的文化创造能力和水平。吸引、引导、启迪人们必须有好的作品，推动中华文化走出去也必须有好的作品。"我们希望，这个书系能成为读者眼里"有正能量、有感染力，能够温润心灵、启迪心智，传得开、留得下，为人民群众所喜爱"的优秀作品。再过十年、二十年甚至五十年，这套书系依然能够有读者喜欢，有些篇章能经得起岁月的洗礼，真的成为经典。

当然，任何一套书系都做不到十全十美。我在编纂这套书的过程中，最大的感受是，当代散文创作无论是题材、创作方法，还是思想容量、艺术表现力，已真正呈现出百花齐放的态势。我希望读者亦能如我一样，从中感受到散文天地的无垠无际，感受到散文的力量。

在此，特别感谢给予我们信任与支持的作家，特别感谢包括世图文轩、时代书局在内的所有为此书系的成功出版付出了辛勤劳动的团队和师友。

谨以此文代为书系的说明。

2025 年春，于北京

目录

鸟　迹

鸟说：人类难以接受太多的现实。

——艾略特《烧毁了的诺顿》

一

鸟在我生命中留下的深刻印迹，最初是以扑跌的形象进入的。

那是一个知了声声鸣叫的夏日，午后的麦菜岭有着虫鸣包裹之下的别样静谧。我家屋侧有一片密林，百年树龄的朴树、柞木和冬青撑开巨大的树冠，为鸟儿撑起了足以安居乐业的自由天堂。它们和往常一样，在这偌大的空间里筑巢、捕食、恋爱、繁衍、嬉闹，全然不知危险正在悄悄降临。

一个手持猎枪的人走进了这片密林，他将那鹰隼一般的目光投向了天空。他举起了猎枪，瞄准一只正在枝丫间休憩的大鸟。砰的一声巨响，无数只鸟儿发出惊叫，从巢穴间飞起，四处奔逃。其中一只，背负着伤痛，艰难地朝别处滑翔。

这样一幅惊心动魄的画面，是我无数次回想起童年，回想起那只鸟儿时，自动脑补生成的。

事实是，我并没有听见枪响，也没有看见打鸟者（也许他已经从密林中离开了）。我看见的只是一只暂时幸存的鸟儿，在我家屋前的空坪上扑腾。它跌倒，挣扎，试图起飞，逃离人类的视线，最终又无力地放弃努力。母亲走过去，轻而易举地捉住了它。

那只鸟最终成了我独自享用的美味。是的，几十年过去了，我依然无法忘怀那一顿饕餮盛宴。童年的我，深陷于贫穷的生活里，这一顿荤腥实在太过奢侈。由于缺乏营养，我瘦弱、多病，对鲜少能获得的肉食有着强烈的渴望。我记得汤面上浮着的小小的油珠儿，记得依然睁大着的两只黑眼睛，还有那两条细腿上附着的肉。母亲看着我一个人吃完了所有的肉和汤，我沉醉于无与伦比的美味中，竟忘了问问她想不想吃一点儿。然后，我意犹未尽地舔了舔嘴巴，认真地对母亲说："下次还要捉到鸟儿来呀。"那一刻，母亲俨然成为我心目中的捉鸟英雄。

母亲没有笑话我的痴傻，而是满口答应了我。此后的很多年，陆陆续续还有人过来打鸟，只是再没有一个捕猎者会遗漏他的猎物。长大以后我才明白，母亲的收获仅仅是个概率极低的偶然事件，而我恰好成了那个无知的享用者。

我至今叫不出那只鸟的名字，它消失在了我的童年。某种意义上，我成了那个残忍射出子弹者的帮凶，替他完成了最后的猎杀。那时候，我并没有意识到那也是一个本该自由存活的生命。

在我明白事理之后，这段经历令我感到羞愧。我常常想：难道因为它们比我们弱小，便可以被随意杀死或践踏？然而大自然弱肉强食的规律，是如此真实而残酷地存在着。在食物链上，人类一直扮演着剥夺和毁坏的角色。站在母亲的视角，她难道没有充分的理由捉住它？她的女儿面黄肌瘦、发育迟缓……

整件事似乎包含着天经地义的逻辑，又近乎悖论。

我有一个热衷于破坏一切的堂兄。他上树掏鸟窝、捉小鸟，将鸟儿当成练习技能的牺牲品，并引以为豪。没有人意识到这有什么不妥，只觉得他不过更调皮大胆些而已。有一年他送给我一只乌鸫的幼崽，我想将它养大，却全然没有喂养的经验。它从不张开嘴巴接受我投喂的食物，我只好学着别人的样子，强行撑开它的尖喙，往那明黄的小嘴巴里灌进清水，塞入米饭。而它是那样弱小，那样无助。它不会说话，无法逃离，只会痛苦地哀鸣。

结局并没有什么悬念，它死了。当我第二天清早起来看它的时候，它僵硬地躺在小窝里，白色的饭粒还黏糊糊地残留在尖喙上。

我的眼泪与后悔，唤不回一只乌鸫的生命。

事实是，对生灵的爱与怜悯，并非天生，只能源自教育。

从一个饕餮到一个对鸟深怀爱怜的少年，我似乎只经历了一小段光阴。我成为坚定的爱鸟护鸟者，对所有猎杀行为深恶痛绝，是在上学念书以后。许多的科普文字告诉我：在这个世界上，多数鸟类都是生态平衡链上的大功臣，它们帮助庄稼和树木消灭病虫害，它们为开花的植物播授花粉，它们提醒农民依农时耕种，它们美妙的歌声为人类消解困乏和烦忧，它们是季候的信使和人间的精灵……

二

提到"精灵"这个词，我的脑海中总是浮现出燕子那灵巧的身影。

在我的故乡麦菜岭，燕子是我家房前屋后的常客。小时候，外婆爱打谜语给我猜："凤凰脑，剪刀尾，晚上泥里睡，离地一丈高。"我一猜一个准，是燕子。燕子是家鸟，农村长大的孩子，对燕子实在是再熟悉不过了。

人们对燕子，有着格外的宽厚与宠溺，仿佛它们与别的鸟是两种不同的生物。

那些年，我们家的屋檐下和大厅房梁上都散布着燕巢。每年春天，燕子准时前来报到。它们在我们头顶上飞来飞去，忙忙碌碌，我们也从不打扰它们。父亲甚至会在房梁上钉一排竹篾，作为鸟巢的基脚。聪明的燕子一看就明白了，选在这里筑巢，可以省去不少衔料的力气。为了方便燕子进出，我们家的大门上会挂两把锁，以使门缝儿敞开一个大口子。燕子每每嗖地穿过那个大口子，极尽敏捷之姿。一年一年，它们安心地依附在我们家，恩恩爱爱，生儿育女，仿佛已经成了不可或缺的家庭成员。

燕子在我们生活中留下的印迹，更多是以鸟粪的形式出现的。

成年的燕子是乖巧懂事的，排泄都会在外面解决。要是出了一窝小燕子，那可就没办法了。它们还不会飞，整天叽叽叽叽地在窝里闹，饿了就张开黄黄的小嘴巴叫嚷，有便意了就转过身子，屁股一撅朝地下拉。于是我们的厅堂里每天都能攒一堆鸟粪，母亲铲了草木灰去盖，再拿扫帚扫掉，可地面上还是会留下一摊粪迹。可是我们从不讨厌它，俗话都说"燕来福"嘛。

关于燕子，我们村里还广为流传着一个令人哭笑不得的故事。过去的穷年景，全村的男人都是由隔壁村的老宋师傅包年剃头的。师傅差不多每个月来一次，一来就要在村里住十来天，将全村人的头发剃完才走，吃饭则由各家轮着请。这一天轮到了运根爷爷家，他家没有饭厅，就将饭桌安置在了家族的中堂里。吃饭时，老宋师傅被请到上席。主人殷勤地劝着菜："吃吧，吃吧，多吃点儿，不要客气呀。"老宋师傅用他那惯常的语调忙不迭地回应着："好，好，好！"每说一个"好"字，他都要习惯性地抬一下头。谁知他的第三个"好"字刚出口，鼻尖儿上就落了一团热乎乎软塌塌的东西。大家抬头一看，一只小燕子正将尾翼收回巢里，瞬间明白了是怎么回事。

主人家强忍着没有笑出声来，只是假装责骂燕子："哎哟，这不懂事的家伙。"那小燕子才不认错呢，兀自伸头缩脑的，好像跟它一点儿关系也没有。大家这才意识到，人们喜欢在厅堂正中间摆桌，燕子也喜欢在屋梁正中间的位置筑巢。老宋师傅尴尬地擦去鸟粪，倒也没生气。毕竟在农村人心目中，燕子是吉祥之鸟。"说不定是个好兆头呢。"大家都这么说，老宋师傅也应和道。自然，事情过去了就过去了，没有人会因此赶走家里的燕子。只是从此学了乖，出小燕的时节，再不敢将饭桌置于燕子窝下面，怎么也得移偏一点儿。

这个故事一直被我们讲了许多年，每年燕子来了都讲，每次讲都能让我笑得肚子疼。等我们搬到市区住后，就再也没有讲过了。因为，再没有勾起这个回忆的契机了。

当我今天坐在电脑前回忆起往事，恍然惊觉，多少年辰光景一晃而过，老宋师傅早已不在人世，全村人找个包年的剃头师傅的风俗也不再有。

三

常年盘旋在房前屋后的，还有麻雀。

与燕子相反，麻雀是不受人待见的。也许因为除四害的名单里曾经有它，也许是它的确贪吃过人类的粮食。它们常爱在屋瓦下的土砖缝隙里搭窝，小巧玲珑的身子，在墙上钻进钻出的，倒也没被人们拆过窝。多数时候，它与人类相安无事，偶尔也大胆地跳到地上，与鸡鸭抢点儿食儿。这全靠它的机警，叼起一粒，不敢久留，立即飞身而起。

秋天晒谷，麻雀是必防之物。它轻巧地落在谷粒间，有时候还神气活现地踱着方步，仿佛进入了天然的大粮仓。不过，奶奶只消拿竹竿往地上一敲，它便知趣地跑了。后来，家里将看谷的任务交给我，我也学着奶奶的样子挥动竹竿，麻雀便不敢造次。其实，也就是做做样子，制造出声响而已，我们从来不打它，也打不着它。我一直怀疑：麻雀那小小的嘴能吞得下谷粒吗？但大家都这么说，我也就相信了。印象中，麻雀在人前总是一惊一乍的，从不敢大大方方地在地上走动，偶尔与人对视半秒，倏地就纵身飞走了。也许人类除四害时造成的恐惧，已经刻进了它们的基因里。

何止麻雀呢，在我的经验中，多数鸟类是害怕并防备着人类的。

在认知觉醒后的少年时光里，我怀抱着一颗忏悔的心，对屋侧的那片树林有着更为密切的关注，以及格外的警觉。

那密密实实的枝叶间，总是生发出欢喜和热闹。每天清晨，我在它们叽叽啾啾的叫声中醒来，知道它们要出巢觅食了。每天傍晚，我踩着它们叽叽啾啾的叫声归家，知道它们也要回巢安睡了。至于那叫声是在呼唤亲人，还是在吸引伴侣，或是单为欢愉而歌唱，我完全听不懂，但又十分喜爱听，似乎有鸟叫的地方才是可爱的人间。

可是鸟儿们的好景并不常在。时不时地，就有几个男人提着猎枪到来。他们大半天都在山上逡巡、踞伏，伺机杀死那些藏身林间的鸟。我注意过他们的动作，长久地站立不动，寻找目标，瞄准，然后砰地放出一枪。过一会儿，不远处就有物体咚的一声掉落的声音。"坏人，又杀死了一只鸟。"我在心里恨恨地骂。可是我不敢对着他们骂出声来，我不认识他们，更不确定他们会不会恼羞成怒伤害我。对猎枪，对杀戮者，我有着本能的恐惧。

这时，众鸟都发出惊恐的、绝望的叫声，一扫平日的欢快和俏皮。它们振翅高飞，四散奔逃。等到一切平静下来，总会有一两只鸟儿在空中久久地盘旋着，悲鸣着，那声音穿透风，穿透婆娑的树叶，低沉而哀戚。我站在屋门前静静地聆听，仿佛那被伤害的正是我的亲人，眼泪就止不住地盈满了眼眶。我猜，那可能是遭遇不幸者的父母或配偶吧，如果它们会说话，那哀嚎中一定含着愤怒和诅咒吧，像我们村的妇人悲痛欲绝时那样，咬牙切齿地咒骂不休。

被人类猎杀过、惊吓过的鸟儿，它们怎么能信任人类，怎么敢和人类若无其事地对视，或飞到人类的掌心里自如跳跃呢？我常常愤愤地想：这是住进我们村庄里的鸟哇，他们凭什么前来猎杀？可是那些红了眼的杀戮者，会和我这样讲道理吗？一个极力想保护鸟儿，却根本无能为力的少年，心中充满了悲伤。

人类的贪婪轻易就对鸟类造成灭顶之灾。他们举起猎枪，甚至在候鸟迁徙的必经之路上撒下大网，以满足自己的口腹之欲。他们大肆地开荒种地、砍伐林木、使用农药，让一些鸟类失去了基本的生存环境。1681年，渡渡鸟从地球上灭绝，由于人类的残忍杀害，它们彻底消失了。科学家推测，到2100年，至少有一千两百种鸟将消失，而这仅仅是一种保守估计。读到这个数据的时候，我简直胆战心惊。

猎杀者从来不会知道，鸟儿并非以食物之名而存在。这个世界，如果没有鸟儿，没有生物的多样性，人类将如何孤独自处？

四

前几年，我作为人民陪审员参与审理了一桩非法持有、私藏枪支案，又一次见到了久违的乡间杀戮者，以及一杆老旧但依然具备杀伤力的猎枪。

犯罪嫌疑人站在被告席上，低垂着头，和山区里的普通男人并无两样。他木讷寡言，看上去老实巴交，和我想象中的坏人多么不相符哇。可他的麻木和自私却对众鸟类造成了切实的伤害。他藏匿在深山老林的褶皱间，将枪口对准一只只迁徙的候鸟，其中不乏早已被列入动物保护名单的鸟类。他怀着侥幸心理，以为自己的行为足够隐秘，永远不会被执法者发现。每次悄悄地售卖野生动物，都为他带来一笔可观的收入，他舍不得放下那杆使用了多年的猎枪。

如何与他谈论恻隐和悲悯之心？使侥幸者吸取教训的方式唯有法律的惩治。

我注视着他，听见他结结巴巴地交代着犯罪经过，试图用不懂法律常识来掩盖所有。从他的供述中，我大致听出，相比他的祖父辈和父辈，他的狩猎行为是越来越艰难了。他没有帮手，一不小心就可能被人告发。他总是战战兢兢的，每行动一次都感觉危机四伏。庭审结束，作为被告的他因为非法持有、私藏枪支和猎杀国家保护动物而入刑了。尘埃落定，他却长舒了一口气，仿佛终于可以放下鸡肋般的副业和心中的恐慌了。

从法院出来，我也陷入了深深的思索。显然，若干猎杀者的入刑，将为更多可能会发生的犯罪行为发出警示。这些年，国家对野生动物的保护力度越来越大，法律法规越来越完善，捕猎者的生存空间已越缩越小，乡间的猎杀行为几近绝迹。当猎枪被收走，被销毁，相应地，更多人开始意识到生态平衡的重要性。

21世纪以来，非典和新冠疫情的暴发，使人们对野生动物的食用兴趣逐渐减退。更多人发出呼声："是时候与野生动物和谐共处了。"自然，数量庞大的鸟类是其中最大的受益者，就连人们从前不待见的麻雀，也被列入《有重要生态、科学、社会价值的陆生野生动物名录》。

人类的后退，意味着将一个真正的自由天堂归还给了鸟儿。

在城市里，鸟儿愈加无孔不入地进入我们的生活。它们大胆地栖息在楼房的阳台和窗台上，声张着无须隐藏的欢乐。只要它们喜欢，就可以尽情地引吭高歌，呼朋唤友。在街道两旁的行道树上，它们自在地蹿上蹿下，再无惊惧之色。有时候，车主们会发现，一夜之间，他们停在路旁的汽车车顶，已落满了鸟粪。

母亲在城市的夹缝里拥有一小片菜园，她在那里继续经营着农事。菜畦里，她种下的白菜、菠菜、芹菜和泷菜长势喜人。春节期间，我们计划着摘下一部分送给亲朋好友。不料她于某一天来到菜园的时候，发现菜叶和菜茎已经被鸟儿吃得干干净净。走近菜地的时候，她看见瞬间飞起乌压压的一大群鸟，菜地里留下了深深浅浅纵横交错的鸟迹。她甚至怀疑，这些鸟儿将它们的远亲近邻都招引到了这片菜园。

那一天，她虽然有些沮丧，但却原谅了它们。许是冬春交替，鸟儿们一时缺少食物吧。

此后，她又重整旗鼓，在菜地里播下新的种子。每天，她在那片土地里浇水、拔草、施肥。鸟儿们还会再来夺取她的劳动成果吗？她不知道。她只是在餐桌上快活地告诉我："那些鸟吃了我的菜，还会唱歌给我听，唱得蛮好听哩。"

我想象着母亲在歌声中劳作的场景：鸟儿们驻足在矮墙上，好奇地瞧着躬身于菜畦的母亲，瞧着她被春风吹拂的斑白头发。它们欢快的啁啾声，多么像献给母亲的《春天奏鸣曲》。

啊，我的年老的母亲，那个一生中唯一一次捉过一只伤鸟以喂养女儿的母亲，此刻竟成了一个慷慨的诗人。

会笑的"芝麻"

我一直相信我的"芝麻"是会笑的，从它会对着我摇尾巴的那一天开始，我就信了。母亲曾数次哂笑我的傻气，但我仍旧坚信我的判断——"芝麻"会对我笑。

"芝麻"是我家养过的一条狗。从记事起，我家就一直养狗，而且养得比谁家都好。师范毕业那年，家里养了好多年的那只黑色的母狗生下了它最后的一窝小狗。奇的是，五只小狗中有四只都是纯粹的黑色，唯有一只，毛色黄中带黑，呈一种光亮的亚麻色，这毛色使它区别于其他的小狗，多得了几分特别的怜爱。它那么小，还没睁开眼睛，只会像婴儿般呜呜地叫，让人心生怜爱，于是我给它取名"芝麻"。

看着小狗一天天地长大，无疑是一件由衷地喜悦的事情。睁开眼了，学会爬了，开始喝粥了……我常常因为小狗的成长而快乐不已，每天下班第一件事便是去看看我的小狗们。不知为何，我对"芝麻"总是要多一份关注。它脑袋圆乎乎的，脸上的毛色亚麻中夹两撮黑，像极了笑起来露出来的两个小酒窝。它爱眯缝着眼睛，用小舌头舔我的手，一副傻呵呵的笑模样，使我不由得喜欢它。

小狗断乳后，已经长到四五斤了。依常理，该捉到圩镇里去卖，或是送给亲友养起来。三舅家的表弟来我家，一眼就相中了活泼可爱的"芝麻"，想抱去养，母亲爽快地答应了。眼看着他已经把"芝麻"抱到屋后，幸亏我及时赶回，追上去给夺了回来。表弟怏怏不乐地换了一只去，我总算把"芝麻"留了下来，"芝麻"似乎也懂得我对它的偏爱，一下地就憨态可掬地对着我摇头摆尾，极尽亲昵之态。我对它，不禁又多了一份劫后余生般的疼惜。看着它的胡子一抖一抖的，眼睛里闪着一种欢跃的光芒，我不禁对母亲说："妈，你看，'芝麻'笑了！"母亲看着我们，张口就道："狗怎么会笑呢？唉，这么大个人了，还这样傻气。"

长大以后的"芝麻"最爱我给它捉跳蚤了。只要轻轻地一翻它的身子，它就顺势在地上打个滚儿，四脚朝天，露出它圆圆的肚皮，任我摆布了。不用说，它身上的跳蚤还真是多，好像永远也捉不完似的，"芝麻"也就常常赖在我的身边，躺下来，拨弄着我的手，撒娇般地要我给它捉。听着我在水泥地板上消灭跳蚤的咯嘣咯嘣的声音，"芝麻"的眼角便弥漫着惬意感激的神情。在我看来，那便是它心满意足地笑了。

年关时，我们家是要打切糖的。打好的切糖一律放在阁楼里的石灰瓮里，养得香香的，脆脆的。正月里来了客人，我总是要上楼去取切糖。"芝麻"的嗅觉真是灵，三两步就跟了上来，然后一直不离左右，眼巴巴地望着我手中的切糖。我一看到它那乞求的眼神，心就会软下来。立马拆了封，塞两块儿在它的嘴巴里。"芝麻"吃过切糖，还用舌头把嘴唇舔两圈，眯缝着眼睛，一副回味无穷的享受样儿。不过很快，它又涎着脸儿望着我的手了。只见它的笑肌极力向两边延展着，可怜巴巴地讨好我，我只好又一次对它心软下来。嘿，没办法，谁让它能笑得如此谄媚呢？

只要我在家里，"芝麻"每日都尽职尽责地跟随我的左右。我的卧房离吃饭的老屋要经过一段茅草丛生的小路，"芝麻"于是当起了每晚护送我进屋的大使。有一日，我急急地走在前面，"芝麻"在后面跟着。

月光下，忽然瞅见道路中央盘着一条长蛇，我顿时吓得魂飞魄散，拼命往回跑。"芝麻"立刻警惕地挡在我的后边，朝着大蛇汪汪吠叫，一番对峙，大蛇终于识趣地溜进了草丛。"芝麻"领着我安全抵达，我挥手让它回去。第二天清晨早起开门，却发现它躺在我的房间门口。我的"芝麻"，它知道我害怕，于是守了我一个晚上吗？我蹲下去，抱住了它的头，眼睛里却起了雾。"芝麻"把脸凑过来，抬头望着我，憨憨地笑了。

谈恋爱那会儿，男友第一次来到我家，我以为"芝麻"会像往常那样如临大敌地吠叫一番，以尽它看家的职责。奇怪的是，它居然对他一见如故，甚至撅着屁股，摇起了尾巴，笑意连连的，好像在欢迎客人，莫非它也知道这个人会成为它的亲人？男友打小在城区长大，没养过动物，见"芝麻"对他这般友好，甚是高兴，不由得表达了对"芝麻"的亲近之意，以至于第一次来就兜了好几只跳蚤回去，咬得身上一片狼藉，让我很是心疼。结婚后，先生常开玩笑说："'芝麻'可是我们的'月老'。"

没有想到和"芝麻"的分别会来得那样快。结婚的那一年，我选调到城区小学任教了。当年，我们全家也在城区买了一套房，很快就要搬家了，"芝麻"的去处也便成了我们最头痛的一大难题。其时，先生正在一个边远山区上班，便义不容辞地主动提出由他带去单位养。想想也没有其他更好的办法了，大家便同意了这个方案。先生找来一个木箱子，垫了些干草，一把将"芝麻"抱进箱子里，盖上了盖子。"芝麻"开始还不明就里，乖乖就范，后来明白是要把它带走，于是不安地叫唤起来。望着那个摩托后座上的木箱子慢慢远去，我的心里有十二分的不舍。它这一去，也不知能不能适应新的环境，会不会被欺负，得多久才能再见到它呢？

我的担心果然成了现实，"芝麻"刚去就出了麻烦。它一出箱子，发现周围全是陌生的面孔和陌生的环境，便到处乱跑，试图找到自己原来的家。很快，"芝麻"就跑得没影儿了，任先生怎么呼喊也无济于事。可怜的"芝麻"，要是走丢了怎么办？先生立即打来了电话，要我去找"芝麻"。因为"芝麻"和我是最亲的，也许只有我才能把它唤回来。那时我已经怀有身孕，坐摩托经过四五十里的山路颠簸，很难吃得消。但是为了"芝麻"，我也顾不得那么多了。

一来到目的地，还未来得及休息，我便开始寻找"芝麻"，一边唤着它的名字，一边朝狗多的地方走去。也不知走了多远，叫了多久，终于看到一条狗在我的呼唤声中停下了脚步，支起了耳朵，似乎在搜寻着什么。我想，那一定是"芝麻"了。可怜的"芝麻"，此时正夹着尾巴，毛色黯淡，像一条没人要的流浪狗，整个一副受惊的样子，早已失去了它平日的活泼与生气。我又唤了几声，"芝麻"回过头来，迟疑了一会儿，向我走来。正游走在绝望边缘的"芝麻"，此时终于找到了自己的主人，它极力地扭动着它的屁股，摇晃着它的尾巴，嘴里呜呜地叫着。它的表情中夹杂着激动与兴奋，我又一次感觉到了它的笑，那种幸福的，又略带点儿委屈的，难以名状的笑。我将它紧紧地搂在怀里，不由得落下泪来。

将"芝麻"带回先生单位后，它便寸步不离地跟着我。为了让它尽快熟悉环境，在这儿扎下根来，我决定多待几天。每天吃饭，"芝麻"都跟着我到厨房去，晚上，它就睡在床底下，有时我起床上卫生间，它也警觉得很，跟着站起来，等我躺下，才又乖乖地睡去。那几天里，我带着它在那个小小的圩场里一圈一圈地转，好让它知道出去了怎么回住地，并和它说了很多很多的话，告诉它从今以后，它就在这儿生活了。"芝麻"似乎懂了，又似乎没听懂，但让我高兴的是，它已经渐渐习惯了山区的生活。

先生在那个山区工作了一年半，"芝麻"也在那儿生活了一年半。

其间，我怀孕生女，再没有去看过它，只是常常听先生说起它的近况，比如和单位里其他同事怎样混得熟了，也有了它的一帮狗朋友了，生了一窝小狗了……我想，"芝麻"能安稳地生活，我也就放心了。

可是一年半后，先生又要调回城区工作，"芝麻"的去处又一次成了摆在我们面前的难题。思来想去，唯一的办法，就是把它带回老家，请大伯帮忙养着。

这次倒是很顺利，先生带着它坐上了小汽车，一路顺风地回到了老家。回到老家的"芝麻"对自己曾经生活的地方记忆犹新，一溜烟儿就从房前的狗洞里钻了进去，兴奋地汪汪大叫。父亲在老家住了几天，和大伯完成了给"芝麻"喂食的交接便走了。他偶尔还回去一趟，总能带来"芝麻"的一些消息：听大伯说，"芝麻"不肯离开自己的家，每天都睡在它的老窝里，很尽看家的职责。大伯只好每天把食物端到我家给它吃。

最后一次看到"芝麻"是在两年后。那次回老家，"芝麻"似乎有着某种感应似的，我才到屋后的晒谷坪上，它就已经飞奔着出来迎接我。许久未见，"芝麻"仍清楚地记得我是它最亲的主人。已经当了狗妈妈的"芝麻"，完全放弃了它应有的稳重，它高高地跳起来，用前爪攀到我的身上，舌头拼命地舔着我的脸、我的手。之后，它跳下来，撒娇地在地上打了几个滚儿，接着摇着尾巴在前面引路，边跑跳着边回过头来看我。我又一次看到了它的笑，张大了嘴巴的，夸张的，真情流露的笑。

临别时，"芝麻"一直跟着我，相送了好长的一段路程，直到我挥手赶它回去，它才缓慢地收起它的笑意，不舍地站定，久久地驻足，目送着我远去。

从大伯的口中传来"芝麻"的死讯，又是几年后的事情了。至于它是如何死的，却语焉不详。或者它的确是老了吧，我宁愿相信是这样的一个结局。泪落下来，朦胧中，又依稀看到了我的"芝麻"，我的会笑的"芝麻"，看到它脸上那两撮酷似酒窝的黑毛，看到它对着我，笑了……

低处的慈悲

番薯

无论它有多少个名字，我永远把它叫作番薯。这个习惯来源于我使用多年的母语词汇，就像番薯对泥土的依赖，早已根深蒂固。

起初我以为这名字土得掉渣，后来略长见识，方知"番"其实是和洋气沾着关系的。徐光启《农政全书》的《甘薯疏》有云："闽广薯有二种：一名山薯，彼中固有之；一名番薯，有人自海外得此种。"此中所提番薯便是了。相传此物最早由印第安人培育，后传入菲律宾，被当地统治者视为珍品，严禁外传，违者处以死刑。明朝万历年间，两个在菲律宾经商的中国人冒死将番薯藤运回中国，从此广泛种植，最后遍及中华大地。

原来，它是正儿八经的"舶来品"。在我的故乡麦菜岭，一切和远方有关联的作物都被冠上了"番"字，譬如番芋、番豆……就连从外地娶来的媳妇儿，一辈子都说不好当地方言的，背地里也被人呼作"番声婆""番背人"。

无论如何，番薯在中国大地上活了，而且活得很烂贱，不管是红土、黄土，还是黑土，它只顾遍地生根，根茎横贯东西南北，没有一丁点儿娇贵和水土不服的意思,以至于许多人都对它的存在感到天经地义,理所应当。根本想不起来它曾怎样漂洋过海,历经千难万险,才落入我等口腹;也不知那两位不畏生死的先祖,在泉下是否心有腹诽。

番薯的好种易活,在为它赢得广泛喜爱的同时,也被人为地附着上了诸多的轻视和贬义。你想,随便扔来一根番薯藤在地上,高山也好,坡地也行,河沟也罢,它都会落地生根,竭尽全力地铺展开枝叶,并且还没心没肺地开花结果。不挑土质,不挑肥料,不挑水分,就这么愣头愣脑地长,谁会小心翼翼地把它捧在掌心,像大熊猫那样金贵地呵护着呢?

因此,家乡人普遍爱用"番薯"来形容一个人死脑筋,"死番薯""番薯婆""番薯苑",如此种种,不一而足,专指那些痴愣愚钝、脑子不会转弯儿、想问题不懂得转换角度的人。说白了,就是一个"蠢"字。我依然记得儿时,混在祖祠的人堆里看热闹,望见一个前来提亲的后生坐在一边,垂头丧气,默默地领受着他的长辈不迭声的责备:"我家这个死番薯哇,就是不懂事……"他长得很帅,还会做爆竹,经常来我们村找未出阁的莲娇。可是突然有一天,他不知何故竟脱口而出:"莲娇,我是不爱你了哟。"一门即将结成的亲就这么黄了,长辈们"死番薯长死番薯短"地替他道了无数次歉也无济于事。那后生此后再没来过,但终究成了全村人恒久的笑柄。他叫什么名字已无人记得,提起那桩事,人们只是会心地一笑:"哦,那个死番薯哇。"

番薯似乎浑然不觉委屈,它匍匐在大地上,沉默、隐忍。它对抗着一切旱涝,连虫子都不惧,不需要给它特地施肥,也不需要替它喷洒农药。假以时日,它便慷慨地捧出它的叶,捧出它的茎,捧出它的根,尽情地让人类与牲畜大快朵颐。它难登大雅之堂,却往往成为很多人舌尖终生惦记的美味。

我们家乡盛行一种小吃,叫番薯叶米果。小时候,因为种番薯,我挖地、开沟、担水，把一切劳作之苦都尝了个遍。但摘番薯叶却是件极愉悦的事。一走进番薯地，到处铺开着水灵灵打着露珠儿的叶子，看着便满心欢喜。在每条茎上取顶部最嫩的几片摘下来，不消多久，菜篮就又沉又实了。洗净拌上米浆，上锅蒸熟，绿莹莹地端出来，切块儿蘸上佐料吃，那种味道简直妙不可言。此后，我的乡亲们走到哪里，便将这种小吃带到哪里。先是大范围地占领了本市的早点市场，后来，他们又在打工者密集的地方，一家一家地开出店来。在广东，在福建，在浙江……只要有九堡人的地方，就能找到这味九堡特色小吃。甚至连外地人也寻上门来，大声称赞："真好，的确是绿色食品哪！"

在饥荒年代，番薯充饥果腹的作用功不可没，曾经成为众多乡野农民的救命食粮。时间推到20世纪80年代末，谁也没想到，我的堂哥春林还会在番薯的救命史中添上一笔。那一年他第一次出远门，随乡人去武汉打工，不多日突遭变故，乡人各散西东。而他被包工头抛弃，身无分文，只得徒步回家。他日夜兼程，整整走了二十六天，才一屁股跌坐在了我家的椅子上。奶奶抚摸着他瘦削的脸，老泪纵横："孩子，这么多天，你是吃什么过来的？"堂哥说："只有番薯，饿了就趁没人时在路边掘几个吃。"幸而有番薯，幸而只要有泥土的地方便有番薯的身影。

番薯的好，乾隆皇帝也知道。传说他在晚年时曾患"老年性便秘"，太医们千方百计给他治疗，但总是不见效。一天，他散步来到御膳房，闻到一股焦香味儿，十分诱人。乾隆皇帝问道："什么东西如此之香？"一个正在吃烤红薯的小太监见是皇上，忙跪倒磕头道："启禀万岁，这是红薯。"乾隆皇帝从太监手里接过一块儿烤红薯，吃后连声道"好吃，好吃"。从此，乾隆皇帝经常吃烤红薯，不久，他久治不愈的便秘竟不药而愈了。

冬天的时候，我们领着孩子在野外烤番薯。一群大人聊着番薯的多种吃法、多种功效，聊得口干舌燥，直到香味在整个田野飘散开来。恍惚间我又看见了烈日下挥锄种番薯的那个少女，金黄的老茧布满手掌，多年来仍未消去。像眼前的番薯，无论被人们端上多大的台面儿，开发出多少的功用，它还是它，不邀宠，不谄媚，不忘初心，安静地活着。

芋头

这个时候，乡间沃野上的芋头应该已经长得亭亭如盖了。

比之番薯，芋头显然有着更值得倚老卖老的资本。早在《诗经》的《小雅·斯干》中便出现了"君子攸芋"这样的句子，据说这里的"芋"便是指芋头。不管这个说法靠不靠谱，至少《史记》和《汉书》中的记载是千真万确的。一曰蹲鸱，一曰芋魁，和许慎的《说文解字》有异曲同工之妙："大叶实根，骇人，故谓之芋也。"诸种叫法，盖因芋头的个头之大也。

幼时在麦菜岭，有个小伙伴就叫"毛芋头"，因为他的脑袋长得又大又圆，头发则又黄又短，根根往外倒竖着，活像个大芋头。也不知是谁最先叫起，得到全村人的一致拥护，越叫越响，以至于他的大名早被人忘记了。直到今天，连他的媳妇儿也一张嘴就是："毛芋头——"农村人取外号之形象生动，信手拈来，由此可见一斑。

初春时节，便要开始种植芋头。将床底下藏了一冬的芋头取出来，选那些出了芽的，一个一个小心地平切了底部，切面还得蘸上草灰。田里早已做好了芋沟，把这些带芽的芋头埋进土里，撒上稀松的粪肥，再盖上一层干稻草，淋点儿水，便大功告成，只等着小伞盖儿一样的嫩叶破土而出。那时候，我常常是撒粪肥的那一个，提着畚箕，将和着草灰的猪屎捏得细碎，再均匀地撒在土里。春光明媚，鸟唱虫鸣，田野里到处洋溢着生长的气息。我欣然被大美的万物陶醉，早忘了手里握着的东西里夹带着脏和臭。

其实芋头只是埋在土里的那一部分，长在地表的茎和叶，被我们称作芋荷。我估摸这个名称的由来，是因它那撑开在地面上的椭圆形叶子像极了荷叶吧。一样的翠色，一样的光滑，就连叶面上驻留了雨水或露珠，也一样晶莹剔透。但是你千万别被它那完美的表象给迷住，以为可以拿来玩。若是把叶子弄破，汁液不小心沾到衣服上，那好了，不论是什么颜色的布料，一律印上了难看的褐色痕迹。

田间劳作的人，渴了就去找一个泉眼喝水，旁边不忍心扔下锄头的人会说："给我带点儿水回来呀。"用什么带呢？随手摘下一片芋荷叶，团成一团便是一个水瓢。逢上下雨，来不及跑，摘片最大的芋荷叶，顶在头上，便成了最简陋的雨具。大自然赋予人类的工具，永远取之不尽，用之不竭。

芋荷是我们家乡特有的一道美味小菜。取粗大的茎，撕了表皮，晒干，切碎，放进瓦缸里腌成酸菜，炒着吃，极其开胃。但撕芋荷却是一件苦差事，沾上芋荷汁的皮肤，无一例外红肿奇痒，几天都难以消散。偏偏这事又一般是细皮嫩肉的女人做，男人是不屑于动手的。可是年复一年，女人们从没停止过制作芋荷，可想而知这道美食有多么大的诱惑力。

如果把芋头分得细一点儿，有母芋和子芋之分，甚至还有孙芋。那种圆溜溜的，附着在子芋旁边，个头最小的便是孙芋了。而口感最好、最面最烂的也是孙芋。这种小芋头刮了皮后不用切，圆溜溜的，直接入锅煮着吃。小时候不懂，只把它叫作圆芋子。我们家常煮芋子粥。芋子加米煮烂，将熟之际再撒上绿油油的青菜，淋点儿辣椒盐，堪称世间美味。像我这样饭量极小的，也能吃上三大碗。当然，其中最美的事，还要数舀到圆芋子。在一锅煮得黏稠的粥里，捞着几个圆芋子，感觉便像如今的中彩票，需得意地高声宣布："啊，圆芋子！"长辈们对我慈爱，如果碰巧舀到，定会体贴地放进我的碗里。似乎听我兴奋地高呼一声，比他们自己吃了还要高兴。

芋头的吃法可谓多矣。最简单省事的，便是煮毛芋头。洗净了，连皮也不去，放进大铁锅里，烧旺了火呼呼地蒸。蒸熟后剥了皮直接吃，绵软清香。农村人，连芋头表皮上的毛也不会浪费，可以喂猪。但在父亲的口中，剥下的芋头皮还有用处："就这样，把光滑的一面翻出来，有毛的那面卷进里面，放进嘴里，咕地吞下肚去。"他认真地示范给我们看，却并不吞下。然后是更长久的说教："我们小时候没得吃，只能把芋毛吞下去充饥。一粒粮食一粒汗哪，你们是身在福中不知福。"儿时的我和哥哥如鸡啄米般点头相信，并身体力行地执着于勤俭节约。上初中以后，哥哥对这种反复的说教有了质疑和反感，他在日记里写道："父亲经常说他小时候吃芋头毛，但我从来没见他吃过。即使吃过，现在时代也已经不同了。如果照他的逻辑，他应该回到刀耕火种、茹毛饮血的原始社会才对……"多少年过去，吃芋头毛的故事仍然是我们家餐桌上的下饭"佐料"。我每次提起，父亲只羞赧地笑，并不承认真的吃过。但他说，困难时期的确是有人吃过的。在特殊年代，芋头毛可充饥保命，这，我必须要信。

尽管对我们兄妹从小施以节俭教育，父亲的慷慨大方却是连乞丐都知道的。彼时乡里有个叫"包子嘴"的乞丐，颇有些年岁，没有亲人，也从不说话，长年住在一个破砖窑里，靠乞讨活命。此人只要来到我家，父亲总会给他盛上一大碗饭，桌上有的菜，一样不少地给他添上。遇上煮了毛芋子，还要取几个放在他的布袋子里。"包子嘴"也聪明，平时在外面能讨到，决不到我家来，有点儿感恩的意思。但实在讨不到了，他来，就一定有他吃的。

说起来，芋头还助林则徐报了一"仇"呢。广州的英、美、俄、德等国领事，用冰激凌来招待林则徐，林则徐看到有白气冒出，以为是热的，便用嘴吹之，好凉了再食，惹得领事们大笑。后来，林则徐宴请那些领事，上了一道芋泥，颜色灰白，表面闪着油光，看上去没有一丝热气。领事们以为是一道凉菜，用汤匙舀了就往嘴巴里送，被烫得哇哇乱叫。林则徐表示抱歉，说没想到他们不知道这"芋泥"外冷里烫，其实心里想必是偷偷暗笑吧。

而我喜欢煨芋子。打小无人教授，却每于烧火时，懂得取了芋头在灶膛里煨，火烧完了，芋头也熟了，吃个满脸乌黑满嘴香。陆游有诗云："地炉枯叶夜煨芋，竹笕寒泉晨灌蔬。""烹栗煨芋魁，味美敌熊蹯。"看来煨芋头远非我的独门馋功也。

我在石城县一所小学实习时，曾吃过一次让我回味悠长的芋饺。彼时我住校，周末，一群女学生携了芋头等食材来到学校。十一二岁，她们已谙熟了做芋饺的所有复杂程序。没有人提出过要求，孩子们只是要做，做给认为重要的人吃。后来我想，她们多么像田里的芋头，毫不起眼地生长于沃野，可是只要你一想起来，便觉得唇齿生香。

花生

离开生我养我的那片土地后，我开始于每年春天怀念一片黄色的小花朵。那时候，它们在我的词典里叫作番豆花。少有人注意到那些花儿，它们那么小，那么不起眼，只安静地贴着泥土开放，还被一丛丛茂密的绿叶遮掩着，像一粒粒生怕被人发掘了的金子。花落之后，花茎伸进泥土，不声不响地便结果实了。

据名猜想，番豆应该是有着洋出身的。其实关于花生在中国的起源，一直以来争论不休，主流说法是明朝时期经南美洲引种而来。不管怎样，它来自海外无疑了，算坐实了番豆这个别名。

当然，花生根本不需要理会人们的喋喋不休，它只管铆足了劲儿适应各种气候、各色土质，然后泰然地生长、开花、结果。它似乎对中国的土地非常满意，温暖、厚实、肥沃，正符合它喜好被深埋、被包裹的性子。现在，它在中国这片大地上，早已发展成铺天盖地之势。我常常想：如果花生也会思乡，它会于梦中和美洲那片生它养它的故土相遇吗？就像我们这些离开故土的人，终生念念不忘的，永远是故乡的事物。

我们家每年都要种花生。我几乎不记得花生需要人们特别地伺候，把种子埋进土里，甚至无须施多少肥，也不用经常给它浇水，你完全可以扔下它不管，继续干其他的农活。只需等待四五个月的时间，它就乖乖地把一串又一串的果实给捧了出来。彼时村里有个根头叔，因为受过刺激，脑子已经不太好使了。自从大嫂和他分家后，他只能一个人生活。分得的那些田里，他也栽过禾苗，可是草长得比禾苗还高，最终只收获一小箩筐秕谷。唯独那一大片花生地，出人意料地结出了沉甸甸的果实。泥土对人类是慈悲的，但它讲的是一分耕耘一分收获。而花生，它却不挑人、不挑地、不挑肥地给予，这份慈悲，已达到了佛的境界。

如果把花生比作母亲的话，它绝对算得上英雄的母亲。埋进土里的一颗花生米，最后结出的是成百上千倍的果实。人们都说花生多子多福，有着吉祥之意。所以在乡村的婚娶大事中，花生是必不可少的事物。它们被撒在陪嫁的箱子里、新婚的床上，和红枣、桂圆、莲子一起，被赋予了诸如"早生贵子"这样热切的期盼。

在我的家乡九堡，有九件宝物在民间广为流传，其中之一便是杨梅村艾刀石的花生，有民间顺口溜为证。

"艾刀石，种花生，稀奇古怪，引人论争，生摇有响，晒干无声；何故如此？水分不等，壳涨仁干，果壳收紧，细细思量，科学论证。"

普通的花生都是刚挖出来摇不响，晒干了才响，而艾刀石的花生却反其道而行之。世界这么大，为什么独独这个地方的花生能长成这样？不可谓不奇也。这个传奇我自小便有听说，言之凿凿，应是真实的。杨梅村离麦菜岭亦不算远，而我多年来却从未亲身前往品尝验证过，颇为遗憾。

相比于那种洗得干干净净的花生，我更偏爱外皮尚裹着泥土的花生。似乎只有连带着泥土香，才不失原始的甘美香醇。小时候，母亲一直以为我不喜欢吃花生。家中洗净晒干囤放好的花生，我极少染指。而我有一个羞于说出口的秘密，她至今仍不知晓。在花生成熟的季节，我愉快地接受拔鱼草的任务，然后钻进花生地。将草拔好了，我定会拔一棵花生，坐在地里慢悠悠地吃个够。刚刚出土的花生，尚带着清新和湿润的气息。嗅着泥土的清香，咀嚼着甘甜多汁的花生仁儿，只觉得内心被一种幸福装满。田野寂静，只有风哗啦啦地吹过花生苗。天地间只剩下我一人，在密密麻麻的田畴间享受美味。

数日之后，待到全家一起挖花生、摘花生时，我偶尔还会就着泥土吃上几颗，但兴致早已大减。及至晒干，我已经完全失去兴趣了。当然，水煮盐花生除外。但家里舍得拿来水煮的，往往是那种挑剩的颗粒不饱满的嫩籽儿，嚼劲和味道都差了许多。

我不知道和我有着同样癖好的人是不是很多，但我的确在市面上发现了售卖的鲜花生。金黄的泥土还粘在壳上，抓一把在手上，香味就悠悠地渗进鼻腔，仿佛久远的时光又一次重现于眼前。于是无论生的还是熟的，我都喜欢买这种带泥的。我把它们含在嘴里，似乎就把泥土咀嚼进了生活里。

在城市里，再没有一块土地，可以供我们种植一畦花生。只有父亲时常回到麦菜岭，看望那些已经老得掉光了牙的近亲，看顾我们家那栋苍老斑驳的旧屋。他从城里给那些嬷嬷叔叔带上松软的面包、橘饼，而那些老人，总是用颤颤巍巍的手，量上一两斤花生，让父亲提回城里。父亲一直舍不得吃，一颗一颗细心地剥了壳，做成炸花生米，用玻璃瓶装了，放在饭桌上。吃的时候，他总是极其节制、极其耐心地一粒一粒地放进嘴里。似乎唯有这样，才能品咂出故乡的滋味呀，那回味无穷的故乡的滋味呀，才不至于很快地从空气中散去。

许多年以后，我忽然回想起当乡村教师的那段时光。我的讲台上，常常会出现一小把花生。那些农村的孩子，睁着纯净的眼睛，却无人承认是谁放的，只是七嘴八舌地说："老师，你就把它吃了吧。"有时候甚至是一大包，无声无息地潜伏到我住房的办公桌上。那样单纯的用心，甚至令我不忍让肠胃去玷污它。

后来我知道，每天生吃一把花生米，可以润肺、化痰、清咽，防治咽喉炎。而我，时常嗓音嘶哑，年纪轻轻就患上了严重的咽喉病。这些每天在我的目力威严之下小心翼翼的稚童，没有计较我的严厉，却记挂着我的隐疾。这样的人和这样的事，在我离泥土越来越远以后，几乎再未有过。

现在，我在钢筋水泥地面上生活的年头，早已超过了在泥土上面翻滚的日子，可是泥土向我捧出的东西，却远远超出了城市的给予。我们使出浑身解数离开了泥土，却用一生来怀念泥土。是的，世界上永远不缺乏这样几近矛盾的守恒定律。当今泥土越来越少，钢筋水泥却越来越多。经年以后，我不知道，是否还有一抔土，会温柔地、慈悲地，给予我们一个最后的归宿。

遗落在北方的麦子

我的村庄叫作麦菜岭。有很多年，我对这个地名百思不得其解。我们村庄种有各色各样的菜，被高高低低的山岭层层包裹，可是麦子呢，麦子在哪里？

父亲在一张新置的竹椅上刻字。他表情严肃，嘴唇紧抿，像是正在进行一个庄重的仪式。对于我的疑问，父亲充耳不闻，他只是捏着刻刀，一刀，又一刀。我看到他手背上青筋暴突，刻刀下模糊的笔画逐渐成形——颍川郡钟氏。字体是隶书，有蚕头燕尾，那高高翘起的一笔，仿佛谜语般指向某一个遥远的地方。

"不能忘了我们的根在哪里。"父亲转过身来，轻轻地说。

我忽然间有些明白父亲的话。那些刻在桌椅板凳上的字，那些刻在锄头镰刀上的字，甚至是刻在禾杠、畚箕上的字，其实是刻在我们兄妹幼小心灵上的字。它们早已形成一个陌生而又熟悉的场，锲进了我们的生命里。

关于颍川，关于钟氏，我又懂得多少？我只是模模糊糊地感觉到，我们的祖先在北方，那里生长着许许多多的麦子。而麦菜岭当中那个与乡村聚落地理研究完全无关的"麦"字，是否和久远的族群记忆有关？没有人告诉过我。

我坐进了村小的课堂，跟随十几个年纪比我大的孩子，用拖长的乡音朗诵《瑞雪》。那一天，我将"今冬麦盖三层被，来年枕着馒头睡"背得滚瓜烂熟。

晚上，麦子来到了我的梦里：当厚厚的白雪融化，麦苗在广袤的田野里一根根地探出头来，针尖儿一般齐刷刷向着天空刺去。绿，一望无际的绿，铺天盖地的绿，一齐朝我奔涌过来。似乎是玉米苗的形状，又似乎是禾苗的样子，麦子始终用绿作为遮挡它的面纱，不肯让我确切地分辨出它的长相来。我越是急切地想要跑过去看清，却越是不能够。梦醒后，我发现自己在冬天的棉被里大汗淋漓。

那时候，我与馒头之间亦隔着深远的鸿沟。我单知道它长得白白胖胖的，只出现在镇上极其稀少的几家早点铺子里。它躺在大蒸笼上，冒着热气，身上披着一层薄薄的白网纱。可是它属于有工作有闲钱的人，于我，是不能触摸的奢侈，只可远观而不可大快朵颐焉。我认命、隐忍，从不为口腹之欲而哭闹耍赖。我只是想，不停地想：麦子是怎样被遗落在北方的呢？

事实上，我们的祖先在从北往南的艰难跋涉中，何止是丢失了麦子这一样东西？族谱？一件贴身的玉饰？一件宽袍大袖的长衫？一些共同踏上征程的亲人？没有人能够还原当年的纷乱仓皇，为着一些不能不走的缘由，为着一个活下去，将血脉延续下去的信念，他们走哇，走哇，就这样从一马平川的北方走到了重峦叠嶂的南方。其中必有一个，是我亲爱的祖先！

我不知道，是否有一匹马，驮起他疲惫不堪的身躯；是否有一个包袱，裹住他所剩不多的物事；是否有一条路，记得他深深浅浅的履痕。但是我知道，最后必有一块土地，收容了他对生存的渴望；必有一个女人，与他共同繁衍生息。那是属于我们的一支，历百年，历千年，将一股滚烫流动的血脉伸向了麦菜岭。然后，才有了我。

我不能想象，也不敢想象，如果他成了战役中乱刀之下的冤魂，如果他成了迁徙途中倒毙的饿殍……真的，我们是物竞天择、大浪淘沙中幸运的那一粒发光体。那么，即使没有麦子又如何呢？

我们的胃早已习惯了南方的大米、番薯，我们的腿脚早已谙熟了南方的沟沟坎坎、山岗陡坡，我们的骨骼变得娇小，性格变得柔润温和，还有一口完全丧失了卷舌能力的南方口音，都在我们的生命里打上了永远不可复原的烙印。梦里不知身是客呀，我们，回不去了。那些一望无垠的青纱帐，那些属于北方的高大威猛和烈性，只留在血液里，留在口耳相传的记忆里。

到镇上念中学的时候，我第一次吃到了馒头。那一天，炖饭的搪瓷缸被人偷去，别无他法，只得战战兢兢掏出少得可怜的那点儿零用钱，去买馒头。一直以为它会很贵，其实并不，两毛钱一个，我买了两个。我不忍大口吞咽，像品尝一个天上的蟠桃那般细致。吃完一个的时候，我想起了最要好的朋友水秀。我猜想她一定也没吃过，必须留一个给她。我深信那是我十三岁之前吃过的最好吃的东西，它绵软、香甜，有着令我回味无穷的甘美。那一天，存在于生命里的味蕾记忆开始复活，我又一次为麦子而感到了莫大的遗憾。

我们的根在颍川，这是毋庸置疑的了。但是同一条根上生出来的许多条枝丫呢？隐约听父亲谈起过福建，然而那些多年以前的离愁早已无迹可寻了。人类的迁徙和流向令人如此难以捉摸，天灾、人祸、战乱、排挤，任何一个理由，都有可能导致一群人背井离乡，拖儿带女，跋山涉水，寻找新的立锥之地。毕竟，活着才是最重要的事情。于是那些在同一条藤上结出来的瓜果，咕噜噜地向着可以躲避乱世的地方四散开去。其实这样的迁徙，无非是从一座山向另一座山的奔赴而已。他们躲在闽粤赣浙的深山老林里，不问世事，不论功名，只求偏安苟存。这是一段多么辛酸的历史，刀耕火种、织麻种桑，几乎与世隔绝，成为落后的代名词。我常常想：畲族的祖先为什么要把自己称为"山哈"？山哈意为居住在山里的客人。多少年了,人们是不是从来都没有忘记过那一片可以纵马疾驰的广阔平地?

有一年我来到景宁畲族自治县,在一个最原始纯粹的畲族村落里游走。那是一个长满了树木的小山包,在斜面朝阳的地方,我忽然看到一堆用片石垒就的简陋坟墓,一块石碑上,镌刻着一个离世之人的全部密码——颍川郡钟氏。我的眼前晃动着父亲刻下的那些字,它们在阳光下舞动、跳跃着,渐渐与石碑上的这几个字叠合。我忽然抑制不住泪流满面,那一刻,我感到隔绝多年的血脉被某种巨大的力量瞬间打通。

总有一天,我父亲的墓碑上也会刻上这几个字,还有我父亲的儿子、孙子,还有散落在天南海北的钟氏一脉。这一条被深深扎进土壤里的根,是任何世事变迁也带不走的。

暑假里,我带女儿往北走,去旅游。在一个餐馆里,服务员送上来一壶大麦茶。女儿第一次尝到,便惊呼好喝。我从未和她提起过麦子,但是她天生喜欢面食。现在,她对一壶大麦茶同样一见钟情,那是血脉里的回音吗?我不知道这样的想法算不算一种矫情。那个服务员体贴地抓了一把大麦,用袋子装好,送给女儿。"你是地道的北方人吗?"我问。他点点头。啊,可是我与北方之间隔了几个世纪。

我至今没有见过真实地生长在地里的麦子。我想,我们的祖先把它遗落在北方太久了。

笔底红粉几条痕

莲之于江南，几乎是贴在脸上的标签。"江南可采莲，莲叶何田田。"自汉代起，这个标签就一直贴着直到今天，算是坐实了这个名头。莲是红粉，莲是佳人，莲是镶嵌在水乡里的一道明媚眼波，无可避免地要在每个生长在江南的人的生命里留下印痕。

人们论莲，总忘不了来一些形而上的譬喻，将之上升到品格的层面。比如《离骚》中的"制芰荷以为衣兮，集芙蓉以为裳"，比如《爱莲说》里提到的"出淤泥而不染，濯清涟而不妖"，其不与世俗同流合污的高洁之意一看便知。但是真的，我对莲的喜爱却与这些全无关系。小时候，囿于活动范围的狭窄，我只在村前的小河边看见过莲。即便如此，也充满了偶然的意味。那个小池塘原本是村民用于养水浮莲喂猪的，用竹竿隔成了数个小格子。大概是哪个小年轻觉得好玩，不知从哪儿弄来一节藕，扔在了池塘里，谁知竟落地生根，愈来愈旺盛，最后居然占领了整个池塘的地盘。也幸好池塘无主，村民们都懒得去清理门户，它就这样堂而皇之地在池塘里站稳了脚跟。那年初夏，我第一次看见莲花开放，当时惊喜之状真是难以形容。那会儿我尚未入学，还没有学过任何与美有关的形容词，只知道惊讶地大张着嘴巴，许久都没有合上。我疯了似的跑回家里向母亲报告："有花！有花！"母亲被我硬拽到池塘边，不禁失声大笑。于是我的幼稚为整个家庭留下了一个恒久的笑柄，到现在仍时不时被翻出来笑了又笑。

如今想来，对美的亲近与喜爱，真真是生来就有的。我屡屡盼望着夏天，盼望莲花开放的季节。特别是清晨，我愿意早早地起床，借着洗菜濯衣的时候，好奔向小河，奔向必经的莲塘。早上的空气总是特别清新，再有莲花那股清幽的暗香加入进来，不啻锦上添花。我踮着脚尖儿使劲儿地嗅哇嗅，不知道世间还有什么味道能比得过莲花的香味儿。那时我发不出"生活多么美好"之类的感叹，但这种感觉却真实地存在于我的脑海里。我经常久久地驻足于池塘边，盯着那一朵朵硕大的粉红出神，然后联想起《西游记》里的观音来，恍惚间就有了如入仙境般的意味。清晨的花和叶上面总是擎着大大小小的水珠儿，更加鲜嫩欲滴，我爱得情不自禁，却连一片花瓣也不舍得摘下来赏玩。等它四散凋零时，我才如获至宝地捡拾起来，盼着那一抹粉红能在我的怀里多存些时日。

初次结识写莲的文章还是初中课文里周敦颐的《爱莲说》。盖因我念小学时，朱自清的《荷塘月色》并未编入小学课本，而课外书籍又匮乏之至。我读到"香远益清，亭亭净植，可远观而不可亵玩焉"这样的句子时，恰与我儿时的体验别无二致，于是愈读愈爱，愈爱愈读。爱到极致，竟然第一次提起笔来写了一篇未经老师命题的作文——《我亦爱莲》。文章好坏自己无从评判，我却不知天高地厚地想到了投稿，也就是订阅的唯一的刊物《初中生之友》吧。似乎看到每篇作文上都有老师的评语，我便煞有介事地捧到教语文的张老师面前，请她写批语。张老师刚刚毕业，正是对教书充满激情的年纪，她对我的勇气称赞不已，大笔一挥，给予了诸多的夸奖之词。那篇文章终究是没能发表，稿子早已成了散佚的孤魂，无处可寻矣。但如今提笔，年轻的张老师帮我写批语的样子仍清晰如昨。她弯眉垂首，面若莲花，白皙里透着粉红，纤尘不染，是我心目中如莲一般美丽的女子。再次见到张老师，已是数年以后。我们在大街上相遇，双双停住脚步。我还没喊出"老师"，她早已念出我的名字。我惊喜万分，她说："怎么不记得，那时候你的作文写得真是好。"那份感动，恰如从云端投射至心间的亮光，让我无端地振作了精神来经营文字。在一次文学颁奖会上，我写下《把心低到尘埃里写作》作为获奖感言，以莲自喻，坦陈为文为人的态度。在文中，我又一次动情地提到张老师，关于她对我文学上的启蒙，其实说来话长。这篇发言稿后来被收入我的个人作品集后，我专门寻到张老师的办公室，将作品集郑重地奉到她的手中。看着她静静翻看的样子，我忽然瞥见潜游在她眼角的鱼尾纹，一时泪湿。许多年过去，莲依然纯净，却无可避免地奔向沧桑。

师范实习是在莲子之乡石城，真正是合了我的心意。那是一所村完小，有着极好听的名字——丹阳。学校里的孩子，和莲一样，都是那样朴实而不染尘埃。正是夏天，莲花在村前村后、校园的四周铺天盖地地盛开着，昭示着丰收在望。我带着一个三年级的班，也就二十多个孩子，不多时的相处，他们便与我极亲了。傍晚，我喜欢走出校门，前往莲田散步。行走在花团锦簇的田埂上，我的整个身心皆被陶醉，闻闻这一朵，摸摸那一株，爱不释手，流连而忘了归时。待暮色四合，方在蚊虫的驱赶下匆匆返校。这样的景况不知怎的在孩子们中间迅速传开，直到有一天，几个孩子喘着粗气，面色红润地出现在我的房间里。我闻到一股香气，熟悉的。果然，他们把背过的手伸到前方，各擎一枝荷花，举起来说："老师，送给你的。"我又是心疼又是喜欢，矛盾极了，不知是应该感谢还是应该责备他们。我默默地插在瓶里，任清香在简陋的房间里飘荡。要知道，在莲乡，人们可以允许你随意摘下一个莲蓬尝鲜，但是采摘莲花，则属暴殄天物了。孩子们顶着被大人责骂的危险采下花来，只为博老师喜欢，却将我弄得又羞又惭。我只能紧急宣布再不收花，一场即将发生的莲花之殇才得以避免。两个月的实习转眼结束，孩子们哭着为我送别，用哽咽的声音反复地说："老师，还要回来……"

可是我却始终没能实现再来的愿望。几年以后，我写下《莲的怀想》。那时我教过的学生已是数以百计，却再也找不到和实习时相似的感觉了。

前些时候，一个同在石城实习过的同学打来电话，邀约重返石城。事情就那么凑巧，一个来自石城的小伙子，竟然被分到我同学所在的学校任教来了。据说二人一拼凑各自知道的信息，顿时分外亲热，引得同学倾情回忆实习时光，彻夜长谈而不得眠。大概换了我，情难自禁，亦会如此吧。对于这样的邀约，我自是欣然应允。于是再一次提到莲，此季莲正当时，暌隔多年，如若成行，不知道会怎样触景生情呢。与莲乡石城的缘分其实并非仅此一宗。与文字结缘的同时，还认识了一位根在石城，漂在东莞的作家。她以"莲子"为笔名，对莲的情感，丝毫不次于我。打开她的博客，满目皆莲，不由分说地掠夺你的目光。在博客的一隅，《爱莲说》一文被郑重地端上席面，主人的品性和追求由此可见一斑。捧读她倾力创作的留守儿童题材的长篇小说《暖村》，用笔朴实，却有如莲的清香拂面而来。

在我的教书生涯里，莲似乎也不忘给我带来好运。那会儿我教一年级的语文，其中有一篇意境极美的课文——《荷叶圆圆》。我教得如有神助，孩子们学着亦非常喜欢。为此我还专门制作了教学课件，美轮美奂的莲花与莲叶的照片，在悠扬的古筝演奏声里，一帧一帧地展示在学生的眼前，交相辉映，把孩子们的心整个儿勾进了莲的情境之中。那一堂课，我从县里上到市里，又上到省里，还数次到邻县做观摩交流，给我带来诸多的荣誉和辉煌。而今回想，那时的我，大约是一副口吐莲花般的情状，与那莲那文浑然一体了。在毛主席亲手挖的红井旁边，如今种植着大片的莲，我常常领着自己的孩子前去看莲，因此她很早就知道什么叫"小荷才露尖尖角，早有蜻蜓立上头"，什么叫"接天莲叶无穷碧，映日荷花别样红"。我不知道，如果一个地方没有莲，那里的孩子背诵这样的诗句时，那些不可名状的东西，要怎样才能够进入生命的体验里。

　　一个一块儿玩儿大的伙伴，有多年未见了吧。只听说他经历感情破裂、创业失败，后来酗酒、赌博，借钱借到大家都唯恐避之不及。突然有一天，他把我们带到乡间，将浩瀚的几十亩莲田指给大家看，说这是他包下的产业。看着他被阳光晒得黧黑的面孔，看着他在自己的鱼塘里熟练地钓起一条三四斤重的草鱼，没有人相信他就是那个曾经玩世不恭的男人。更可喜的是，他还在这乡间收获了爱情和一个新藕般鲜嫩的小婴儿。回家的路上，我一直在思考一个问题：为什么偏偏是莲？忽然想起他说过的一句话："它们能让我安静。"细细品味，深以为然。

和旧物相濡以沫

父亲·自行车

天空的颜色有点儿灰。我蹲在南墙的柴垛边，一个人低声地抽泣。四周寂静得让人害怕，只有屋檐上的麻雀叽叽喳喳地嘲弄我。我找不到母亲，她也许下田了；我找不到哥哥，他也许上学了；我从不找父亲，因为他压根儿就不着家。我只是一不小心睡了一觉，就好像被整个世界遗弃了。

而父亲偏偏在这个时候像一位侠客从天而降，他的自行车铃铛声自屋后的坡坎上丁零零地滚落下来，我潜伏着的委屈突然被无限放大，于是我瞬间加大了哭泣声的分贝。父亲偏腿从自行车上跳下，却怎么也哄不好我，只得将我抱上车后座："我带你出去走走吧。"一路上，父亲慢慢地骑，柔声细语地抚慰，最后将我带到联系工作的地点，把主人家捧出的饼果喂进我嘴里。

那年我四岁，记忆中那是我第一次独享父亲的自行车，独享他耐心的陪伴，独享他与往常判若两人的细心和温柔。

更多的时候，父亲骑着他的自行车早出晚归。回到家里，他像个威严的将军，总是牢牢地占据着饭桌的首席，对于我们兄妹的吵闹，只要他大喝一声，我们立即吓得噤若寒蝉。在 20 世纪 80 年代，整个麦菜岭，父亲是唯一拥有自行车的男人，也是唯一吃着公家饭的人。彼时没有电视，电影放映员炙手可热，享受着上请下迎、前呼后拥的至高待遇。那辆凤凰牌载重自行车，像一匹血气方刚的儿马，驮着父亲满世界地跑。无论父亲的车铃声在哪个村庄响起，人们无一例外地都要发出高声的欢呼。自然，他的威仪显得理所应当。

后来我才知道，这辆自行车给予父亲的，不仅仅是我眼中看到的威风和荣耀，还有责任、辛劳，甚至是几乎要搭上性命的危险。

当时的电影都是胶片制作，一部片子少说也有三四卷，用铁盒子装着，重达几十斤。片子得常换常新，因为看电影的人都是东村看了西村看，若发现重片总是咒骂声一片。于是，父亲每隔一两日便得蹬上自行车，翻过石罗岭，到三十多里外的县城去换片。简易的砂石公路像一条痉挛的大黄虫盘踞在石罗岭上，且不说路途遥远，单看那一环接着一环的高山陡坡和急弯，便令人望而生畏。的确，此路险象环生，不时有人殒命山谷。而父亲，竟是终日颠簸其中，从未言苦。

父亲一直走得小心翼翼，可那天还是中了大黄虫的蛊，出事了。他推着沉重的片子，好不容易走完了上坡路，该是舒舒服服骑上自行车往山下溜的时候了。刚骑不久，他忽然发现刹车片失灵。人的重量，片子的重量，再加上自行车的重量，自行车像一匹脱缰的马向下猛冲。已经来不及调整，来不及跳下，再冲下去，等待他的只有几百米深的深坑了。此时路旁恰好出现一个供路人歇息的简易茶亭，父亲于刹那间做出决定，拼尽全力扭转车头，向茶亭冲去。这猛力的一撞，车几乎是毁了，幸好，人没有亡。

此后当自行车逐渐成为更多人的代步工具，我无数次在麦菜岭的陡坡边看见过骑自行车的人，像被魔鬼裹挟一般凄厉地尖叫着冲到坡底的桥下，有的鼻青脸肿，有的头破血流，更有的已经不能动弹。我无法控制地想象父亲那一天遭遇的场景，他所经历的恐惧、生死瞬间的抉择……石罗岭比麦菜岭高几十倍，陡几十倍，父亲如何在一念之间逃过一劫？每想一次，内心都止不住地颤抖，泪水滚落下来。我见不得亲人的伤痛、委屈和遭遇的危险，那种感觉比自己承受还要艰难百倍。我更不容那个"死"字从脑海中穿过，但它偏偏像一只秃鹫盘桓在我的头顶，让我终日不得安生。我只能不断地对着那些可恶的念头呸呸呸地吐着唾沫，相信那样就能驱除不祥。

父亲那次筋骨大伤，有好几个月，家中都弥漫着正骨水、万花油、红花油、止痛膏混合在一起的浓重药味儿。那辆自行车也经历了一次大修，继续驮着父亲翻山越岭。我开始变得敏感，每天关注父亲的行踪，直到他安全抵家，才把心安放进肚子里。我更乐意帮父亲擦车了，把手、车架、钢圈，以及每一根辐条都擦得锃亮，还将布条塞进手指难以伸进的缝隙里，细致地左右拉动擦去尘垢。在此之前，父亲每次指派我擦车，我都是十万个不情愿，像个慑于地主淫威的佃户。但是现在，我只想着能让父亲骑得更顺心、更安全。每次擦完车，我会使劲儿地蹬动踏板，然后突然抓住刹车，看着后轮吱嘎一声停止转动，便有了心满意足的感觉。这些小小的秘密，隐匿在我早熟的少年时光里，无人知晓。

我期盼父亲的车铃声响起，还有一个羞赧的原因。其时乡里人家里有了红白事，大多要放一两场电影，方才显得隆重。作为放映员的父亲，三天两头就被人请去。食东道是少不了他的，让至上席，末了还会奉上一大包油炸的果子。这对于几乎与零食绝缘的我，可谓一场盛宴。于是当车铃声响起，狗儿扭着屁股迎出门去，我便开始探头张望，口水更是迫不及待地造起我的反来。但我一向不善欢蹦乱跳地撒娇卖乖，只是沉静地等待，把馋藏得很深。父亲从自行车龙头上取下那个黑色的皮包，拉开拉链，笑吟吟地拿出果子，放在饭桌上。我注视着这一系列的动作，就像看着一个魔术师变戏法儿般掏出新奇的物件，满心的惊讶和欢喜。

小学三年级，我开始学骑自行车，用的也是父亲的"凤凰"。起初是推着一圈一圈地走，然后是踩着一边儿的踏板学习滑行。那应该是一个和煦的春日，父亲决定扶着我学习骑行。金黄的迎春花觍着脸笑，整天围着我转的母狗兴奋地呜呜叫着。我看到那一天的我，瘦弱矮小的身子，推着一辆齐胸高的载重自行车，那笨拙可笑的样子，多么像蚍蜉撼大树。父亲在后面牢牢地把住车身，不断地鼓励我："不要怕，身要正，往前看。"我大着胆子将右脚探进三角架，踩住了另一个踏板，一次只能踏半圈，但车轮终于转动起来。不知什么时候，父亲已悄悄地放了手。等我发现时，吓得不轻。母亲责怪，父亲却哈哈大笑："不放手，她永远也学不会自己走。"许多年以后，我没有学会依赖，总是井井有条地自己打理自己的生活，有时会突然想起这句话，仍觉醍醐灌顶。

从什么时候开始，父亲的自行车变旧了，父亲放的电影也没人爱看了呢？

在各种努力仍无起色的情况下，父亲终于认命，停止了骑着自行车走村串户的放映事业，对乡亲们的喜新厌旧亦不再腹诽。搬家的时候，父亲没有舍得丢掉他的自行车。这一次，它是随同诸多旧物一起，坐着卡车从麦莱岭出发，松快地穿过它曾无数次奋力丈量过的石罗岭，来到了热闹的街市。

现在，父亲仍时常骑着那辆和他一样上了年纪的自行车，行驶在城市的街道上，任无数的汽车、摩托、电动车从他的身边驶过。我望着他的背影，还有他身后一大片的黄昏，就像重温一部怀旧的无声黑白电影。那辆曾经让他引领潮流、风光无限的自行车，如今已经剥落了光华，与父亲一起，成为这个时代的落伍者。父亲骑着它，带它去认识城里新修的道路、新矗立的小区，却唯独不肯换一辆新的代步工具。

偶尔当我的车子出了状况，时间紧急时，父亲还会用自行车载着我匆匆地赶路。我跳上后座，看到他脑后的白发，他尽力挺得笔直的背，我听见他竭力抑制仍呼哧喘气的声音，明显感觉到了他的吃力。不禁鼻子一酸，我的父亲，真的就这样老了吗？

忆及儿时，父亲用这辆"凤凰"载着我们一家四口去赶集，我和哥哥并排斜坐在前杠上。高兴的时候，父亲开始炫技使坏，他加快速度朝路边的乌桕冲去，就在我吓得哇哇大叫的时候，忽然抓紧了刹车。一次，两次，胆子极小的我亦开始变得安之若素。路人侧目，树上的小鸟被惊飞。那时候，父亲更像一个淘气的学生，让母亲的嗔怪和教导像扔在海绵上的石头，无处着力。那时候，他多么年轻，多么有力。他掌控着方向，掌控着速度，掌控着全家的生活，也掌控着他的威严。

可是如今，父亲能够掌控的，还剩下多少呢？我已不容自己细想下去。

母亲·缝纫机

"白纱衣，绿罗裙，奈何令我销断魂？"女子对华服罗裙的喜爱和向往，似乎是与生俱来的。五岁时，我拥有了人生中的第一条裙子，是母亲用缝纫机缝制的。我穿着那条粗糙的裙子，出尽了风头，也成了全村女孩子羡慕嫉妒的对象。

想来那是母亲学习缝纫以来，第一件赶上时髦的作品。拿今天的眼光审视，它的款式何其简单：一大块藏青色的棉绸布，裁成上小下大的梯形，缝完了，再安上一条松紧带，便成了裙子。没有一点儿花色，也没有一点儿配饰，甚至连布料，都来自囤在箱子底的陈年边角料。

可那毕竟是一条裙子，整个麦菜岭唯一的一条裙子。

我穿上它在屋后的山坡上奔跑，夏天的风吹动我的裙裾，狗尾巴草在风中冲着我不住地点头。我感到了最初的得意、轻飘，似乎从此拥有了飞翔的翅膀。整天和我玩儿在一起的堂姐建华的眼睛都绿了，她在她妈面前哭闹哀求，像个芋头般在地上打滚儿，泥巴唾沫鸡屎沾了一身，也没能打动伯母的铁石心肠。最后，她恨上了我的裙子，赐给它一个极难听却又极形象的名字——鸡罾（圈鸡的竹制品，也叫鸡笼罩）。

其实母亲的缝纫技术真不算有多么好，但是她有缝纫机，彼时在全村独一无二。据说这台华南牌缝纫机与我同龄，来之不易。在物资稀缺的年代，购物得凭票证，大宗的机械指标更是极少。得亏有个亲戚起了作用，排上了号。父母亲付出了一百多元的购机巨款，为表感谢，还隆重地请了一次饭，又奉上了两只大公鸡。

我常常笑母亲太奢侈，那时候家里多穷啊，鸡蛋都不舍得吃，几分钱一个拿去卖，把我养得严重营养不良，却还敢买缝纫机。母亲一本正经地说："我嫁给你爸，就提了这么一个要求，还是等你快出生了才兑现。"那架势，真的比我还委屈。童年里，我常常跟着大点儿的孩子念念有词："单车手表收音机，嘀咯鞋子（高跟鞋）羊毛衣。"后来才知道，那就是农村人结婚的五大件。一件都没要上的女人，就叫嫁得屈。

可是为什么母亲这五件都没要，偏偏要一台缝纫机呢？隔着三十多年的光阴，母亲对人生的伟大设计依然令我惊叹。原来，她早看出靠种田改善生活的艰难，想以一台缝纫机为起点，缝出将来的小康生活。奈何人算不如天算，母亲向一位资深的老裁缝华师傅拜师学艺，学费交了，年节也送了，还未出师，师傅却逝世了。梦想折戟，母亲再无余钱继续折腾，加之离圩镇较远，只好带着缝纫机和半吊子手艺归了家。

直到今天，我的睡梦中仍时常出现嗒嗒嗒的缝纫机声，我怀疑，那便是我最早的胎教音乐了。在子宫里，在摇篮里，母亲用机器踩出的韵律安抚我，吸引我。我的摇篮就在缝纫机的旁边，以便母亲伸手就可以照顾我。我的屁股下垫着母亲缝制的尿布，身体上包裹着母亲缝制的棉袄子。它们粗糙、简陋，远没有精致的样式，却柔软、舒适，足以满足我对安全和温暖的需求。我睁开眼来，就可以看见黑得发亮的机身，亮黄的面板，棕色的皮带拉动着上轮和上轮套不停地转哪转哪，旋出一圈一圈白得晃眼的光。冬天，缝纫机边上会有一个暖烘烘的火笼，里面永远煨着一把三角形的烙铁，母亲时不时地取出来，朝着打湿的布料哧的一声熨下去，冒出一股白烟。

母亲没有得到多少师傅的真传。据说，在华师傅病重之前，她还只有打下手的份儿，于是只好买来一本《服装裁剪》，自己钻研。我还记得，那本布满了解构图的书，封面上是一把特大号的剪刀，刀口张开，仿佛随时准备冲锋陷阵。从父亲的裤衩儿开始，全家人都当了母亲练手艺的试验田。奶奶穿了一辈子的斜襟衫，师傅没教过，书上也没有，这对母亲是一个极大的挑战。怎么办？她找来旧衣服，照着样子比画，居然成功了。奶奶试穿母亲新做的卡其斜襟衫，左右手一齐凑至腋下，将布扣子一个一个搭进扣眼儿里："厚实，蛮合身。"她咧开嘴笑，仅存的几颗门牙愈发显山露水。

婶子妯娌们渐渐找上门来，挣破的裤裆要缝紧，撕裂的口子要合上，还有那屁股或膝盖上磨得露了肉的，要拿布块贴上。母亲接过来，嗒嗒嗒几下便好。"啧啧，瞧这针脚走得又细又密又匀，比我们用针缝的好看多了。"婶子妯娌们的称赞，让母亲做得更加起劲儿了。左邻右舍亲连着亲的，收钱自是不可能。母亲企图靠缝纫发家致富的念头终于按进了庸常的生活，但她却因此收获了不错的人缘儿。

没有幼儿园可上，童年里，我有很多光阴是围着缝纫机转的。实在无聊的时候，我从抽屉里拿出裁衣的粉笔来玩。这种粉笔薄而扁，方形，手感细腻，与我多年后教书用的圆柱形粉笔很是不同。无人教导，我拿着它在木门上画呀画，很莫名地画出了一个"才"字的形状，隐隐感觉这像个字，当时却再没有能力复制，只好胡乱涂画出诸多类似甲骨文的东西。多年以后，那些"字"还像前朝遗老一般排列在门后，而我也与文字搭上了终身的关系。我常想：莫非宿命里确乎存在某种预兆和牵引？

秋天快要来到的时候，村小的民办老师扛着锄头打麦菜岭经过，他要去铲他家田里的草。可是他却忽然停下脚步，指着我说："她应该上学了。"我还那么小，瘦弱、讷言，不知上学为何物，况且比我大两岁的堂姐建华还在家里做野孩子呢。但母亲认真了，她又一次被自己辍学的余痛碾过，她将那些难过全部踩进了缝纫机里，嗒嗒嗒的声音在麦菜岭的夜空里四处奔突。第二天，母亲递给我一个新书包：结实的深蓝格子布面，周边镶着两条草绿色的花边儿，长长的带子也是草绿色的，可单肩背，可斜挎。我喜不自胜，不经意抬起头看见母亲眼睛里的某种光芒。

我想母亲是对的，她醉心于一个接着一个地帮我缝制书包。一个比一个精致，一个比一个有模有样，我于是一年一年兴高采烈地把书往深里读。我的堂姐建华，还有麦菜岭所有的女孩子，都没有背过我这种的漂亮书包。她们不爱读书，一年两年，最多勉强坚持个三四年，都闹着回家去了。多年以后，她们背着孩子回麦菜岭看望她们的母亲。而我，却带着母亲和她的缝纫机离开了麦菜岭。

母亲在城里的家安置好她的缝纫机，这些年，她不做衣服已经有很久了。当满大街时尚洋气、不断变换着款式的衣服迷花了她的眼睛时，她就知道，再没有人愿意穿她做的衣服了。从喇叭裤到太子裤，又从直筒裤到窄脚裤，她是看不懂人们为何要在穿着上反复折腾的。就连她做得最拿手的花书包，在世人眼中也堪称古董级别。她无力阻挡潮流哗哗地一页一页翻过，也追不上时代日新月异的脚步。母亲迟疑了，她感到了危机与失落。她常常独自一人抚摸着她的缝纫机，仿佛和一个同样失落的灵魂对话。

但是很快，她的缝纫机就有了新的用武之地。孙辈说来就来，母亲戴上了老花镜，熟练地穿针引线，翻动机头，嗒嗒嗒的声音欢快地响起来。棉质的旧衣服，全变成了一块块方方正正的尿布。我的女儿出生在最热的季节，从未穿过纸尿裤。母亲站在阳光下晾那些洗过的布条儿，一脸的幸福，一脸的满足。

后来，母亲痴迷于制作鞋垫。那真是一个浩大的工程，连父亲也得听她的调遣号令。衣橱里、箱子里的废旧衣物，悉数被翻找出来，拆的拆，剪的剪，最后还原为一捆厚厚的布。《服装裁剪》这本书里，夹着十几种大小各异的纸鞋样。母亲像一只忙碌的蚂蚁，终日踩着缝纫机不放。最后，我女儿拥有了从一岁起直到长大后的各种规格的鞋垫。最大的，如母亲三十八码的大脚也可以使用。

现在，这台缝纫机多处油漆剥落，面板上是深深浅浅的划痕，越发显得老旧。更糟糕的是，这台老机器经常出状况，就像母亲的身体，已经患上了脑血管硬化等诸多疾病，时常冷不防用疼痛来强调它的存在。我有意为母亲换一台电动缝纫机，但她说什么也不肯。

每当缝纫机不好用时，母亲总是戴着老花镜顽强地鼓捣着，直到能用为止。那天我下班回家，又一次看见母亲收起螺丝刀，捶着腰，拍着缝纫机说："好了，这下总算可以了。"然后她坐下来，嗒嗒嗒的声音再次畅快地流淌而出。我忽然想起许多次她在看过医生后，终于可以高门儿大嗓说话的样子。我理解了母亲，不再提买新机器的事。

　　或许，这已经成了母亲对抗时间、对抗衰老的最佳方式。

"过山车"上的村居时光

所谓的"过山车",其实只是一辆摩托而已。之所以得此美称,确乎是我经历过无数次有惊无险的恐慌之后,"钦赐"给它的。

这几年,我受单位委派进村,成为一名乡村振兴的驻村干部。在偏远山区元田村住下以后,进村入户唯一的交通工具便是村干部抑或村民的摩托了。乡间的摩托都是马力超大的运动型,与款款行驶在城市的温柔之"船"完全不同。它们高大威猛,发动起来嘟嘟嘟的声响震耳欲聋,讲究的是力量和速度。可不是嘛,翻山越岭,迂回曲折,远不是小巧玲珑的"船"能干的活。

第一次与"过山车"亲密接触之时,我还有些小瞧它。你看,它身上灰扑扑地披了一层沙尘,表面的油漆早就斑驳陆离,失去了原有的光泽,车后座上还缠绕着几圈黑色的绑带,一副呆头呆脑土里土气的老朽样。我心想,它能拉得动人就不错啦。驾驭它的人呢,已年过半百,看起来应是稳重保守型的。我于是放心地坐上去,因为穿的是裙子,便横向而坐,太阳毒辣得很,我还撑开了伞。不过为安全起见,我还是腾出一只手抓住了后座上的金属杠。

"坐稳了?"

"嗯。"

一个"嗯"字的余音还未消散,摩托已然蹿出十几米远,杀了我一个猝不及防。一阵疾风掠过，我啊的一声尖叫起来，手中的伞早已翻了过来，随时准备像蒲公英的种子一样脱手而去。我的身子随之后倾，险些乘着"降落伞"朝卷起的尘烟处飞去。车主听闻惊叫，略微减了速。待我收了伞，他又以迅雷不及掩耳之速，飞驰而去。这辆貌似老朽的摩托英勇无畏地在山道上冲锋，左奔右突，如入无人之境。说实话，路上还真的没什么人出现。更令我惊讶的是这位已被我列入老年人行列的车主，他紧握车把，双臂张开如威猛的山鹰，衬衫被风吹拂得鼓胀起来。如若忽视他脑后的白发，从后面看，你完全可以认定他是一个小伙子。在坑坑洼洼、险象环生的山道上，他以五十迈以上的时速前行着，竟还有闲心观察路旁的田里谁正在劳作，粗着嗓门儿大声地招呼着："喂，在除草哇?"还没等对方回应的声音传来，摩托已经一溜烟儿跑走了，只听见风中远远传来呜呜的鸣响。偶遇一个大坑，我被震得冷汗直冒，幸而牢牢抓住，方未被颠下车去。我又担心手中所握之物是否牢固扎实，惊恐万状，恨不能立即到达目的地，好安全着陆。

瞧瞧，初次交锋，它就给了我一个硬实的下马威。看来以貌取"车"，轻敌大意终归是要吃大亏的。

有了第一次的经验，此后我便学乖了，每次出行前尽量腾出两只手来，好左右抓牢。然而山路弯弯，防不胜防。眼瞅着前面是一个急转弯了，心想这下他该减速了吧，不承想此时正是人家潇洒炫技的时候。只见骑车人将摩托倾向一侧，身子像脱了线的风筝，旋转飞舞起来。我感觉自己被离心力狠狠地甩将出去，仿佛连世界也抛弃了我。下陡坡则更悬，心提到了嗓子眼儿里，只是一味急速地跌落，跌落。似乎是腾了云驾了雾，浑身软绵绵的，却又被一种无法掌控命运的恐惧感攫住。不知道什么时候才能降于平地，抑或是坠入深渊奔向地狱。唯一喜欢的是上坡，它突突突地喘着粗气往上爬，再威风也快不到哪儿去。可惜有上坡必有下坡，到后来，我甚至不敢期待上坡了。

最险的一次，是搭乘摩托去往一个山旮旯里的村民小组。那个小组与外界隔着一条河，河面至今无桥。在河水中央，用水泥拦了一个一米宽的平坝，河水从坝上漫过，滑溜溜的青苔也毫不客气地依坝而生。他们说，摩托便是这样涉水穿河而过的。即将靠近河水的时候，骑车人好意提醒我："抓紧了，如果害怕，就闭上眼睛。"我听话地闭上了眼睛，半秒后还是被好奇心驱使忍不住睁开了来。但见摩托在河面上冲锋前进，车头溅起一米多高雪白的浪花，猛烈地扑向身后，许久未见消散。此刻，它已不是摩托，而是快艇，是冲锋舟。我唯有死死抓紧后座，待冲到对岸，惊魂甫定之时，才发现手心里都是湿漉漉的，不知是汗水还是河水。

村民喜欢赶圩，此时"过山车"又一次大显身手。每逢圩日，从村里去往镇上的那条崎岖不平的道路上，逶迤而行的，全是一辆辆敦实的摩托。车后座上，清一色坐着两个女人。她们红扑扑的脸上写着兴奋，壮实的身体黏合在一起，中间那个是可以坐上黑垫子的，余下的那个，便只有在金属架上将就的份儿了。女人再壮实一些，骑手们往往被逼到油箱上，缩着手，蜷着两条腿也照样"起飞"。而我这样的驻村干部，也时常要赶往镇上开会办事，空车不多，只能时常和别人同挤一辆车。在别人看来，身材瘦小是占了便宜的，因为往往被让到中间那个最佳位置上。但个中滋味儿只有我自己知道，因为没有了后座的抓手，我完全成了折翼的小鸟，无法控制自己的身体。一会儿被抛高，一会儿被前推，一会儿又向后仰，无论何种姿势，都让我心存愧疚，羞赧难言。

前几日又到另一个小组走访，离开时搭乘的是本组村民的摩托。村小组长七十多岁了，走路时总喜欢拄着一根棍子。他陪着我在路口等，又看着我坐了上去，然后举起棍子指向车主，不放心地高声嘱咐："山仔呀，你骑慢点，一定要骑慢点。"事实上，还没等他的话说完，摩托已经绝尘而去。

我回过头去，看见他的身形瞬间被拉小，而他依然没有放弃，扔了棍子，将双手拢到嘴边做喇叭状，声嘶力竭地喊："慢——点——哪——"但他的声音很快被远风吹散，而我坐着的摩托抛弃了他的叮咛，仍在全速行驶。我望着那个渐渐模糊的"喇叭"，不禁泪崩。

陈酿的光阴

火笼

寒冬如期而至。走在路上，寒气不由分说地钻进我瘦削的身体里，脑海中总盘旋着"天寒色青苍，北风叫枯桑"这样的诗句。无端地，便想起乡村的火笼来。记忆中，有火笼的地方，便生长着不灭的温暖。

小时候，火笼是家中唯一的取暖用具。一个圆柱形带提耳的竹制外壳，里面放一个大小适中的瓦钵，加上一个铁丝拧成的圆形盖子，便凑成了一个火笼。在农村，家家户户都有大、中、小号若干个火笼以备寒冬之用。冬天的清晨，灶膛里的火烧得旺旺的，填进灶膛的，都是货真价实的木柴。等到饭做好了，灶膛里也留下一大堆通红的火炭。主妇们用火锹把火炭一锹一锹地填进火笼钵子里，再在上面盖一层草木灰，一个热乎乎的火笼便递到了老人孩子的手上。老人接过来，用随身穿着的围裙一把罩住了火笼，将寒气挡在外面，瓦钵里的火炭就能久久不熄。

我最喜欢的，是奶奶的那个火笼。由于长期使用，又悉心爱护，奶奶的那个火笼，已经被抚摸得溜光滚圆，竹片上散发着金黄色的光泽。母亲终日劳碌，自己几乎从来不用火笼，但总是能保证每天给奶奶锹一个火笼。她还在奶奶的房间里备下木炭，每当奶奶的火笼里的火炭即将燃尽时，刨开草灰，在瓦钵上撒一层碎木炭，炭火便又重新热乎起来。于是，奶奶走到哪儿，我便跟到哪儿。手冷了，把手伸进围裙里暖手；脚冷了，把脚伸进围裙里暖脚。

有时候，奶奶还把豆子、花生、红薯干儿等用一个铁盒子装了，放在火笼里煨。不多时，香喷喷的气味就弥漫了整个小屋。"熟了。"奶奶说着，把食物夹了出来，呼哧呼哧吹凉了放到我的嘴里。"奶奶，你也吃一个。"我对奶奶说。奶奶张开嘴，展示着她那空空的牙床说："奶奶老了，咬不动啦！"我便心安理得地，嘎嘣嘎嘣吃个精光。与奶奶相伴的冬日，我不仅能吃到人间至香的美味，还懵懵懂懂地从奶奶嘴里听到了许多我以前闻所未闻的故事。天上人间，神仙道士，精灵鬼怪，一一登场，听得我毛骨悚然，又欲罢不能。奶奶没有文化，但讲起古来事却绘声绘色，扣人心弦。在那些漫长的围着火笼度过的日子里，我从奶奶的身上，完成了文学最初的启蒙。

再长大一些，我上了小学，像断乳一样离开了奶奶的那个火笼。冬天一到，我在教室里发现了更多的火笼。同学们几乎人手一个，上课时放在脚下，烤得浑身暖烘烘的，写字的手也不再瑟缩。偶有大胆的，偷偷地在火笼里放几粒黄豆或玉米粒，香味儿冲击着大家的鼻腔，课堂上便暗藏着几许亢奋，朗读课文的声音也随之异样地响亮了起来。大家只盼着早早下课，好寻到源头，抢几粒来吃。老师也不急不恼，睁一只眼闭一只眼，很少追究责任，许是这香味儿也勾起了她童年的回忆吧。

下了课，老师并不离开教室，找个凳子下有火笼的地方坐了，烘她那冻得通红的手。被老师占着火笼的同学，像中了头彩一般，兴奋地蹲在老师脚下，就着一个火笼烤火。其他同学也羡慕得呼啦一下全围了过来，恨不得把自己的火笼也塞到老师手里。"用我的，我的更热。"几个同学争着说，老师笑着再提了一个，一边烤手，一边暖脚。这时候，在城里读过师范的老师，便会给我们讲许多乡村里闻所未闻的事情。正当我们惊诧地哇哇哇高呼时，上课铃总是不合时宜地响起。"孩子们，多读书，书上什么都有呢。"老师一般都这样作总结陈词。因为火笼，课间十分钟成了我们在寒冬里最幸福的时光。也因为老师的那些话，我从此挖空心思地找书看，一步一步迈进了文学的殿堂。

长大以后，我也做了一名教师。还记得离开讲台前的那一年冬天，我站在教室里，领着孩子们读《诗经》中的《小雅·采薇》："今我来思，雨雪霏霏。"或许是从文字中更感到了冷，我听到了轻微的很克制的跺脚声。教室里没有暖气，也没有火笼，我心中不由得一阵恻隐。唉，一个火笼煨寒冬的时代早已远去了。火笼，奶奶，老师，在寒冬的念想里，成为灵魂深处的暖。

扇子

在瑞金的老街枭米巷，我被一把粗制的蒲扇掠夺了目光。淡黄的颜色，放射状的扇骨，在一个耄耋老人的手中轻轻摇动。她安详的面容、似闭非闭的双目，与宁静古旧的小巷构成一帧久远的怀旧照片。我仿佛能看到一阵清风吹起的涟漪，将一圈圈的旧时光轻轻荡开。

记忆中的蒲扇，常常握在外婆的手中。在多少个蝉声此起彼伏的午后，外婆坐在一把竹椅上假寐。她执住扇柄，就那样摇哇摇哇，摇着摇着，动作就迟缓了，扇子就掉落了，鼾声就响起来了。我蹑手蹑脚地走过去，将扇子重新塞回她的手心。我看着她的白头发一丝一丝地往下垂，摘掉了假牙的嘴巴在睡梦中瘪得不成样子，但我还是觉得她是那样可亲。待听到急促的呼吸声戛然而止，又闻啪的一声，扇子开始拍打苍蝇蚊子，我便知她已醒过来了。一切多么恬静，多么像发生在昨日。如今斯人已去，我多么希望她能重新醒过来，用瘪瘪的嘴呼唤我的名字，即便将蒲扇用力地拍打在我身上，我也是愿意的。

在老家麦菜岭，我的母亲拥有过一张扇凳。木的板，圆的面，凳脚一边高一边低，形成一个倾斜的坡度。母亲在自家的棕树上采了未开的棕树叶芯，沸水煮过，晒至雪白，便成了扇子的雏形。多少个油灯昏黄的夜里，母亲弯着腰，踩着这张凳子，横一段竖一段地编织着扇子。逢到圩日的时候，母亲便将自己精心织就的扇子拿到集市上卖，换回一角、两角的零钱。留在自家用的，往往都是做工略有瑕疵的扇子。但这样的扇子，留给我的，亦是多么温馨的怀想。儿时的夏夜，上床之前，母亲必挑开蚊帐，替我驱赶蚊虫方让我安睡。有时候天太热，睡不着，母亲会为我轻轻地扇风，直到我睡着为止。在半梦半醒间，我能于蒙眬中看到母亲的脸，感到一阵一阵的风在脸上拂过。那属于童年的幸福，是用多少金钱也无法换得的。

一把大蒲扇，曾经是我卖乖讨巧的绝佳道具。那时的父亲，是多么强壮。从田间劳作归来，他常常将汗湿的衬衫一甩，打着赤膊，裸露出赤铜色的背脊，玉米粒大的汗珠儿直往下滚。父亲坐下来，招手让我过去替他扇风。我于是乖乖地双手举了大蒲扇，像个古代的小丫鬟，费尽全力地上下扇动，好让父亲感到凉快些。这个时候，我常常看到父亲微闭了双目，一副惬意满足的样子。来客人的时候，父亲似乎将我当成了一种待客的至高礼数："去，帮你姑父扇扇风。"我于是谨遵父命，乖乖地举着蒲扇走到客人面前。姑父家生的全是儿子，不禁对父亲有这样一个女儿极尽羡慕。在客人的夸奖声中，父亲自有万般得意。我使奸耍滑，悄悄地将扇子竖了起来，只是象征性地挥动，他也只是笑笑，不忍呵斥。

我很早就跟着小伙伴学会了折纸扇。一张废旧纸片均匀地折出一个个长条，叠在一起，再对折一下，打开，将中间两页分开的部分用饭粒粘住，扎一个孔穿上一根绳子，便是一把微型的扇子了。这样的纸扇风力极其有限，但我们却玩得不亦乐乎。那时的小学生几乎人手一把，一下课就扇个不停。

我因一个偶然的机会，获得了一把非常精致的纸扇，扇面点染着红梅，题有诗句。整个扇子小巧玲珑，打开是一个圆形，收起则有一个铁制的外壳可将纸扇含住，外边单留一个心形。这样的扇子在同学中间难免鹤立鸡群，勾住了多少渴慕的目光。越是少有，我越是不舍得拿出来用，一直珍藏了十多年。历经数次搬家，才宣告失踪。

此后的日子，我告别了麦菜岭，也告别了那一把把残留了亲人体温的扇子。当空调和电风扇已成为日常生活的必需品，那些蒲扇、鹅毛扇、纸扇在城市里几乎已无迹可寻。不承想就在今天，眼前的这个老人与这一把蒲扇，将一股难言的乡愁塞进了我的怀里。可是我已经丢失了旧日的扇子，扇不动，许多愁，恰似一江春水向东流。

背带

那是一个下雨天，在细密的雨帘中，一个负重的形象阻挡了我的视线：一位十几岁的姑娘身背小男孩，迈着蹒跚的步子，在雨中努力地往前走着……我心中的那根弦忽地被轻轻拨动了一下，一些与爱有关的旋律，就像泛起的涟漪，一圈一圈地在我心间荡漾开去。我想起了我的母亲，以及她在背负重担中走过的一段又一段的时光。

我的女儿，是在母亲的背上长大的。我承认我不是一个称职的母亲，我几乎从来没有背过我的孩子，或者说根本就不会背。我总是以工作及生活的种种为理由，将女儿交到母亲的背上。女儿上了三年的幼儿园，我的母亲就用她那业已老迈的慈爱的背，接接送送背了女儿三年。直到她们熟稔到闭上眼睛都可以记得八一南路的那条老街上哪儿有块广告牌。

也是这样的一个雨天，我正要发动车子赶去上班。母亲领着女儿也下了楼。她撑了一把伞，蹲下身子，熟练地将女儿扶上了她的背。我听见女儿大声地说了句话："外婆快跑哇，今天我要做值日生，可别迟到啦！"我的母亲，已经五十多岁的母亲，真的就背着女儿在雨中奔跑起来。就在她跑动的一瞬间，我忽然看到了母亲斑白的头发，在风中飞舞起来。我不敢看，眼眶里不由自主地潮湿起来。

母亲背负的岁月应从十来岁开始书写。她身材健壮，腰背宽厚，也许就是因了打小就背负过多而练就的吧。她是家中的长女，小时候，身后有一溜的弟弟妹妹。我的外婆终是忙不过来，于是早早地将携弟带妹的责任交给了母亲。常常是这样，母亲将会走路的牵在手上，不会走路的用一根背带背在背上。在松树林里，母亲一边采松毛，一边教弟弟妹妹怎样干活，而背上的那个，则在她身体有节奏的晃悠中甜甜地睡了。

母亲不以背负为苦。外公早逝，母亲就像一个真正的长辈一样分担着家庭的重任，给予弟弟妹妹母爱一般的呵护。我的舅舅们长大以后，一直与母亲感情甚笃，或许与他们于背负中成长的岁月不无关联。

当侄儿出生时，我曾经十分诧异母亲那娴熟的系背带的动作。她把一条长长的布甩开，将中间的那部分展开，托在侄儿的小屁股上，半扶半拉，顺势将侄儿提到自己的背上，附紧，然后拉住背带的两端，腋下、肩上绕几绕，于胸前打两个结，孩子便结结实实地贴在背上了。母亲用一根背带系着侄儿行走在乡间阡陌里。在那儿，侄儿大着舌头学会了说话，学会了诸多蔬菜粮食以及杂草的名称。在我的记忆里，母亲不止一次地温习着她那熟练的系背带的动作，直到有一天，侄儿也长成了一个活蹦乱跳的小小男子汉。

母亲常常想起三十年前，同样是那根背带，依然保留着母亲与我们兄妹的体温。二十多岁的母亲，刚刚卸下背上的弟弟妹妹不久，便有了自己的孩子。在贫穷艰辛的日子里，母亲背着我们浆洗劳作，晒砖建房。母亲的汗水像泉眼一样从后背流出来，洇到我们兄妹的前胸。年幼的我们，嗅着那酸涩的汗味儿，或欢笑，或哭闹，或酣睡。时光从母亲的背上悄然滑过，洞见一个女人对生活坚韧的背负与担当。

从乡村到城市，母亲没有停止过她的背负。她用宽厚的背脊以及不息的爱，见证了三代人的成长。而今，我的女儿也上小学了。母亲终于藏起了她的背带，遗落了那些背负的时光。就像一头拉了半辈子犁的老牛，母亲卸下了属于她的或岁月加之于她身上的重负。母亲终于感觉到她老了。在背大了三代人之后，母亲开始提到"老"这个字。于是，她时常絮絮叨叨地希望我和嫂子能够再生几个孩子，以延续她背负的时光。然而，要实现这个心愿却并非易事。

我是那样理解母亲的失落，理解她在背负中老去。我常常这样安慰母亲："你的背带不要丢了呀，等我的女儿生了孩子，只能靠你来背喽。你知道，我是不会背的。"

母亲浑浊的眼睛里便闪现出了期待的亮光。而我，只能背过身去，偷偷地拭去眼角的泪花……

孔明灯

每年的元宵节前后，夜晚的天空倏地热闹起来。起初以为是星星呢，一闪一闪的，成群结队，蔚为壮观。走近广场，才发现是人们把一个又一个孔明灯放飞到了空中。他们许下心愿，望着孔明灯扶摇而上，带着熠熠的火光越飘越远。它们会飘向何处，又将停留于何方呢？没有人知道。而我心中那一缕淡淡的乡思，却被孔明灯轻轻地拨亮。想起小时候在家乡放孔明灯的诸多场景来，与今夜的情形相比，更是另一番滋味儿。

在家乡，正月里是乡亲们最快乐的时光。村里的人们从年头忙到年尾，此时终于闲了下来，热热闹闹的好戏也要开始上演了。也不知是谁第一个发起号召："放孔明灯喽！"篾匠便剖好几根竹片，三五下就撑起一个孔明灯的骨架来。年轻人聚拢到一起，有的找来一些细铁丝，帮着固定孔明灯的骨架，并在底部围出一个圈来；有的从家里拿出几块松油木，用斧子剖成细碎的块状；有的则兴冲冲地去买薄页有光纸。一切材料都准备妥当后，大家七手八脚，将纸糊成一个圆柱形，围在支架上，剖好的松油木拿铁丝固定在支架底部。

有经验的人说一声"可以了"，大家就众星捧月般地拿着做好的孔明灯来到屋后空旷的晒坪上。穿着新衣服的孩子们像逢着盛会一般，笑着跑着都跟来看热闹。老人们提着用围裙罩住的火笼，站在外围，一边唠些家常，一边关注着放孔明灯的进度，瘪瘪的嘴上乐出一道没牙的风景。年轻人把孔明灯放在晒坪上，抽烟的掏出打火机，把松油木点燃了，然后小心翼翼地将孔明灯放平。大家七嘴八舌地喊着"压住，压住"便都齐刷刷地蹲下身去，双手死死地按住孔明灯的底圈，不让一丝冷空气跑进孔明灯里面去。不多一会儿，孔明灯内部热气升腾，膨胀得饱满，有点儿按捺不住要腾空而起的架势了。喊一声"放"，大家的手便一齐松开，铆足了劲儿的孔明灯开始缓缓上升。老人孩子一齐围拢过来，抬头看着孔明灯越升越高，把嘴巴张开成"O"形，欢呼的，雀跃的，不一而足。没有一个人对着孔明灯许下心愿，但是人们对新年的期许却全都写在脸上。

其实对于半大小子来说，最激动人心的还要数追孔明灯。眼瞅着孔明灯升上了高空，他们关心着孔明灯要飘往哪个方向。在我们老家，放出的孔明灯总是要尽量找回来的。有人说，往小陂方向飞了，大家便顺着孔明灯飞去的方向发力奔跑，边跑边抬头看着孔明灯，追随着它的足迹一路向前。北风呼呼地吹着，孔明灯悠悠地飘着，追的人唰唰地跑着，全村能跑的大小孩子都呼啦啦地跟着，队伍逶迤而壮观，时常引得路人驻足观看。他们沿着村道，或穿过小河上的独木桥，朝着风吹过的方向追去。不管那个孔明灯是否安好，只等着它落下来，带它回家。不能跑的老人、小孩儿，则在晒坪上翘首期盼。大半天过去后，那个最精壮的小伙子终于领着一大帮满头大汗的人，拎着一个已经蔫儿巴的孔明灯昂首归来，俨然一群凯旋的将士。回来，自然要热烈地议论这次的松油木真得劲儿，烧得真耐久，追了那么远孔明灯也还没落下来。女人们接过孔明灯，左瞅瞅右看看，啧啧称赞居然没有被烧坏，这孔明灯做得真结实呀。出钱出物出力的人，也就笑开了花。随着孔明灯被追回，一场全村参与、皆大欢喜的盛事才算落下帷幕。今年如此，明年亦如此。

现在，禁不住孩子的恳求，也买了一个孔明灯来放，点燃了固体蜡，不多会儿便成功放飞。此时的孔明灯，放起来简单、方便、快捷，但放飞的快乐自然也打了折。更重要的是，许多人共同制作一个孔明灯，共同放飞和追逐一个孔明灯的时光已经一去不复返。我不知它会飘向何处，只能静静地抬头望着它飘哇飘哇，飘向远方，载着我的乡愁。

岁 岁 可 期

食头牲

民间有三牲，曰：鸡、鱼、猪。在赣南，鸡为三牲之首，又象征着传说中的凤，故称头牲。无论客家还是畲家，凡涉祭祀礼仪、重大节庆，头牲都有着不可替代的特殊地位。

不用说，年夜饭少不得要食头牲。这道菜不仅要上，还必须上得隆重，上得有仪式感。

在乡村生活记忆中，大年三十，所有烦琐而细致的程式，大抵都围绕着一只头牲展开。

这一天，父亲像一位笃定的王者，一大早就从鸡置里捉出事先罩住的那一只头牲。这头牲须选大线公鸡，自家养的最好。它往往膘肥而敦厚，不再喜爱上蹿下跳、追逐母鸡，只对食物感兴趣，肉质也是可以想见的鲜美。

且慢，第一件事是敬天地，敬祖宗。父亲双手抱持头牲，步伐庄重地走向厅堂门口，虔诚地作三个揖，才摆开架势，开始杀鸡。母亲则烧水，用一只桶把滚烫滚烫的热水提过来。热气蒸腾间，公鸡身上的毛已褪尽。然后，父亲母亲一同去村头的小溪边剖鸡。此时河边的青石板上，早已蹲满了剖鸡的人。人们一边兴奋地闲聊，一边将没褪尽的鸡毛细致去除，内脏逐一剖开洗净，这才心满意足地归家，安排过年的礼仪和饭食。

赶在中午之前，母亲要将这只头牲煮熟，以备祭祀。灶膛里的柴火呼呼地烧起来，整只头牲连同猪肉一齐扔进大铝锅里，旺旺地煮着。很快便有扑鼻的香气在厨房里氤氲开来，揭开锅盖，肉沫子浮荡在金黄的肉汤间。母亲拿一根竹筷子在鸡背上插一下，便知炖得熟不熟。

父亲提来一只大竹篮，将头牲郑重地摆在正中间，那鸡将头昂着，短短的鸡冠子竖着，仍不失将军的威风。方块的熟猪肉和整条的鱼则分列两旁，再摆上一块豆腐、一卷葱或蒜、一碗米酒、一碗圆而满的神饭，分别贴上红纸，祭祖用品就算备齐了。

我提着香烛篮，跟在父亲身后，前往祖祠。作揖、点香烛、放鞭炮……所有的仪式，我们都一丝不苟地进行。意念中，我们的祖上与各路神灵，会在这个特殊的日子赶赴人间，享受后人奉上的崇敬与美食。待到将大竹篮提回家，便觉那只被祖宗享用过的头牲，已具有了某种别样的意味。

祖母总是说，敬过祖宗的食品，必受祖宗护佑，吃下它们，便是接纳了健康平安。事实是，除非大年大节或大喜之日，我们平时很难享用到一只头牲。美食的诱惑使我们产生了诸多幻想，并坚定不移地盼望着年夜饭的到来。

母亲将一只头牲一分为二。其中的一半，得留着正月待客。年夜饭，我们能享用到的，便是半只头牲。这半只头牲，先要斩出两只鸡臂，一只叫飞臂，一只叫行臂，作为我和哥哥的过年专属。方言中，臂音同"比"，吃鸡臂意味着样样比得过别人，争当人中龙凤的意思。接下来，还要细致地切出一些鸡胸肉，不带一丝骨头的净肉，是用来孝敬祖母的。

虽是白斩鸡的做法，但我们食头牲断不是直接切好摆盘那么简单。母亲会备好藠头、姜丝儿和辣椒等佐料，将白斩鸡回锅再煮。柴火灶上，大铁锅冒着热气，金黄的鸡块在锅里反复翻炒，淋上米酒，加以佐料，焖得烂一些，方才起锅。

头牲是年夜饭中的头道菜，要摆在餐桌正中。母亲喊一声"食头牲了"，大家便兴高采烈地团团围坐到餐桌边。这一天，父亲自动从上座的位置退下来，让给祖母坐。不管家中几口人吃饭，餐桌上，都要摆满一桌的碗筷，在每只碗里倒上些米酒，以示人丁兴旺，祖宗共享。

食头牲，第一件事是将两只鸡臂分别夹到我和哥哥的碗中。这件事从前是由祖母做的，她口中会念念有词，将各种美好的祝福全塞到我们耳中："吃下这只鸡臂，样样比过别人；读书中状元，出人头地……"如果我与哥哥因鸡臂的大小发生争执，祖母还要调停并安慰："我满妮吃飞臂，飞得更高；我满崽吃行臂，脚踏四方……"这边厢，我们早已迫不及待地大快朵颐。母亲则将焖烂的鸡胸肉夹到祖母碗中，因为她那没牙的嘴，早已对付不了鸡骨头。最好的头牲肉分给了老幼，最忙最累的父亲和母亲，则有滋有味地嚼着鸡骨头，满脸的幸福慈祥状。

赣南人的尊老爱幼，便在这年夜饭食头牲的点滴细节之中。

许多年以后，我们一家从乡村搬到城市，食头牲依然是年夜饭上的头等大事。不过呢，头牲肉早已成为餐桌上的家常菜，再也没有谁为了食头牲而牵肠挂肚了。

岁岁可期

穿过熙熙攘攘的人群，去银行，准备新年的压岁钱。包红包，得用崭新的钞票，这是父亲规定的家庭传统。平日用惯了电子支付，身上基本不带现金，唯独过年马虎不得。因为，这一个个红包，承载着亲人的满心期待。

冬日的气温很低，人潮却热闹而拥挤，似乎一切秩序都因着年的到来发生了变化。排着队，恍然惊觉，我已从热切盼望过年的孩子，成为年逾不惑，需要承担家庭重任的人。从前过年，是心安理得等待大人给予；如今过年，更多是心甘情愿为老人孩子付出。

压岁钱，何尝不是催着人长大又老去的见证呢？

许多的场景，会在这个时候不经意间在脑海浮现。那聚族而居的亲情，那贫穷却满足的新年，那明亮又温暖的灯火，仿佛还在昨天，并一直萦绕在生命中。

老家麦菜岭是个不大的村庄，算上分家单过的，也才二十来户人家。屋舍连着屋舍，左右都是打断骨头连着筋的亲人。于是每到除夕，每家每户都要裁好红纸，准备好给全村所有小孩儿的压岁钱。再穷的人家，都不能失了礼数。父亲总是早早地计算好村里有多少未成年的孩子，去银行换一沓崭新的零钱。有时候，那零钱领回来，竟是连号的，让我和哥哥直咋舌。别人家都是发旧钞票，唯独父亲准备了新钞票，孩子们便最喜欢我们家封的红包，那挺括的质感，简直让人不舍得花出去。

孩子们还喜欢香生爷爷发的压岁钱。大家还在发一分两分的时候，香生爷爷就开始发五分了。他是村里唯一的生意人，经营着油漆筷子的生计，颇能挣些小钱儿。长年累月，他的房间门口都摆着一个大筐篮，里面是成百上千双筷子。孩子们喜欢去围观，鲜红的油漆，散发出浓烈的气味，一双双素色竹筷瞬间被裹上光滑锃亮的红油漆，感觉特别新鲜。只是后来，再没人用这种简易的油漆筷子了，香生爷爷的生意便宣告结束。等到大家时兴发一角两角时，香生爷爷还是雷打不动的五分。其实，他的几个儿子已成家立业，大可不必另发一份压岁钱，但他照发不误。香生爷爷平日里严厉，不大爱搭理小孩子，也许，发压岁钱是他表达慈爱的一种独特的方式吧。

除夕夜，父亲往往要外出放电影。吃完年夜饭，我和哥哥就跟着母亲提着香烛篮去开岁火，祖厅、老屋、猪栏……凡是和我们家有关的屋宇，每扇门上都要插上香烛，点得亮堂堂的。开完岁火，母亲去别人家发压岁钱，我和哥哥就迫不及待地回家，坐在床上等人来给我们发压岁钱。进门来的叔伯兄长，无一例外脸上都堆着浓郁的笑意，红纸圈着零钞，一边派发红包，一边说着祝福的话："过了年发狠读书，考上大学来哟。"我与哥哥一齐不迭声地应着，回祝他们身体健康，新年发财。两下里吉祥话说了一箩筐，派发压岁钱的又走马灯似的去了别家。

趁无人在，我和哥哥会猴急地拆开红包看金额，评新旧。若遇上个外出打工的大方叔伯，封得多一些，心里就乐开了花。坐在床上无聊时，我们就一张一张数钱，掰着手指头计算着谁家发过了，谁家还没来。有人来得晚，我们强忍着瞌睡等啊等，听见门吱呀一声响，精神头儿就起来了，预备着说好话，讨长辈的欢心。直等到每家都发完，我们数了又数，叠得整整齐齐，再拿红纸小心地裹住，压在枕头底下，才安心入睡。

彼时家贫，一年到头，小孩子难得有钱在手，那份满足感实在难以言表。有了压岁钱，去铜锣湖商店，一毛钱能买到十粒雪豆糖，取一粒含在嘴里，甜丝丝的，口腔里充盈着薄荷一般的清凉，想想就令人神往。逢赶集去圩上，五分钱能买到一个花花绿绿的鸡公吹子，吹上一个正月，再插在灶神台上，公鸡直立着，还是威武的样子，多好。要是再买上几个颜色艳丽的气球，看着它越吹越大，用线扎住口，和小伙伴拍着玩儿，那就更妙了。

记得有一年正月，我拿压岁钱买了几个气球，其中一个黄色的，怎么也吹不开，父亲便接过来帮我吹。谁知他一使劲儿，那气球还没变大就被吹走了，噗的一声，远远地弹到地上。我们家的老母鸡以为飞过来一只虫子，以迅雷不及掩耳之势叼进嘴里吞了，急得我直跺脚。父亲手笨，想必他小时候压根儿就没玩儿过气球。

事实是，那些幻想不可能一一实现。大年初一，我们的压岁钱会被母亲收走，美其名曰代为保管。毕竟我们的压岁钱是母亲发出去的红包换来的，便很乖觉地配合。实在想买些吃的玩的，再向母亲要一点儿，一两个小小心愿，还是能得到满足的，兀自欢天喜地。后来懂点儿事了，我咂摸出一些道理：我家兄妹两人，村里多数家庭都有四五个小孩儿，母亲发出的压岁钱要比收回的多一两倍，是个不小的经济负担。

十八年，我领着压岁钱一年年长大，面额从分到角，再到元。最多时领过百元大钞，那是在南昌工作的四舅、五舅派发的。他们回家乡过年，是我最盼望的事。可惜没领几年，我从师范毕业参加工作，很自然地失去了收压岁钱的权利。

时代推着人一程一程地往前赶。如今，人们发压岁钱早已不屑于元角分那样的小面额，动辄几百上千，多的发几千上万。厚厚一个红包塞到孩子手里，大人也不收走，任孩子随心所欲地花。

除夕之夜，轮到我给父母包压岁钱了。每发出一个红包，我都在心里祈祷他们健康平安。父母在，便永远觉得自己头顶上还撑着一把大伞，永远是岁岁可期的孩子。

味蕾深处

傍晚，冬娇子从麦菜岭的背面朝我家走来，不迭声地唤着我母亲的名字。我冲出家门，看见她披着夕阳快步下坡，意气风发的样子，仿佛从高处降落的一个老天使。

我知道，要打切糖了。在童年的记忆里，岁末最期待的莫过于置办年果子，打切糖便是其中极隆重的一件事。要提前和冬娇子约定时间

（村里会打切糖的师傅不多，腊月是她最忙碌的时节），要先爆好米花，买好白糖，备好柴火、草纸、石灰等必需品。

对于大人来说，这是辞旧迎新必不可少的仪式，是春节期间待客的礼数和家庭的脸面；对于孩子而言，更多的是味蕾的满足和事件本身带来的热闹和喜悦。一年到头，我们罕有零食，能尝到的甜味实在屈指可数，唯一可以大快朵颐的时候，只有过年。可想而知，打切糖在孩子心中的意义有多么重大。

母亲迎上前去，接过冬娇子手中提着的工具，一脚跨进了厨房。不用瞧，我也能猜到，无外乎一个四四方方的木架子、一柄沉甸甸的大木槌、一根圆溜溜的油茶木棍、一把轻薄而锋利的切菜刀、一把结实又光滑的长木尺，年年围着锅台转悠，我早已看得个八九不离十。

这时的冬娇子，就像个运筹帷幄的女将军，开始发号施令："烧火、熬糖。"啊，那闪着银光的白花花的糖粒儿，对我有着致命的吸引，偶尔用指头蘸一点儿放进嘴里舔一舔，已是极快活的事了。可是这一天，那么多的白糖，被一股脑儿哗哗地倒进大铁锅里，不能不令我感叹过年的神奇。我趁机捻了一小撮入口，母亲并不责怪我，在这个时候，她总是变得格外慈爱宽容起来。

而冬娇子脾气不大好，喜欢叱骂小孩儿，嫌碍手碍脚。我自小心性敏感，受不得半点儿委屈，不过对冬娇子的苛责，我基本采取无视或原谅的态度。谁让她会打切糖呢？谁让她一连多天脚不点地东家打完西家打呢？如今想来，哥哥就比我聪明多了，大人干活的时候离得远远的，少挨了许多骂。等到可以吃的时候，他立即闻声而动，大快朵颐一番，再夹带一些，偷偷溜进了卧室。对于所有这些生存的哲学，我都是后知后觉。比如我们兄妹争抢东西，我自然争不过他，哭得歇斯底里，从田里劳作归来的母亲本已疲惫不堪，听见哭声难免厌烦，直接将我训斥一顿。而哥哥，早就不知躲哪儿去了。

我至今不知道，为什么我们家总是安排在晚上打切糖。昏黄的灯光下，灶膛里柴火熊熊燃烧着，母亲和冬娇子一边默契配合一边热切交谈，整个厨房充满了温暖的、甜丝丝的味道。此时屋外北风呼号，时不时将窗玻璃敲打得哐当哐当响。冬娇子和母亲说起邻村的一家人，为了打切糖，还是借钱买的白糖，夫妻俩在打切糖那天因为欠债的事吵了起来，女人闹到差点儿要喝药，幸亏被她死死地抱住了。"唉——"母亲长长地叹出一口气。其实，我们家又何尝容易呢？村里的桂英奶奶、招娣奶奶、大伯母、二伯母……哪个女人不是精打细算地过日子？

但这辞旧迎新的年，无论如何也要往好了过，往甜了过。

冬娇子搅动着大铁锅里的糖，在我眼巴巴地注视之下，白糖从固体变成黏稠状的液体，从亮晶晶的白色变成半透明的黄色。冬娇子舀出一小勺，用大拇指和食指一蘸，再一张，拉丝了，立即将米花倒进锅里，迅速搅拌起来。另一边，木架子已经摆好在大砧板上。起锅的糖米花倒进去，冬娇子拿木棍抹匀、压平，又用大木槌一寸一寸地捶实。顺着长木尺的边沿，她挥动着菜刀，嘎吱嘎吱地将糖米花竖切成了若干个长条，然后将长条横切成一块一块的小薄片。她的刀功非常了得，又快又准，后来我在课本上读到《卖油翁》，将二者联系起来，对"熟能生巧"一词自是心领神会。

糖米花块切好，就可以用草纸包装起来了。父亲、母亲和奶奶坐在桌前，将裁好的草纸摊开，放入十余片切糖，四个角往里一包，再拿糨糊粘好口，就是一包四四方方的切糖。包切糖要快，防止糖米花变软，松散不成形。我们家做得不多，倒也挺快。有些家庭孩子多，料也备得多，就会请至亲的邻里来帮忙。奶奶一边忙活，一边絮叨起她小时候的事：经常饿肚子，零食连想都不敢想，切糖是富人家才有的稀罕物。如今热热闹闹过年，该有的都有，她实在是心满意足。

一口大陶瓮，等在木阁楼上。母亲用竹篮将切糖提上楼，小心地填进大陶瓮的肚子里，再将盖子压紧。当然，大陶瓮底部垫了不少生石灰，是用来吸水、防潮、养切糖的。几天过后，切糖就会养得又干爽又酥脆。那个木阁楼和那口大陶瓮，承载了我童年的甜蜜和欢愉。母亲从不上锁，偶尔变戏法儿似的藏进一包饼干、一袋糖豆，全都化作了我和哥哥舌尖上的享受。

哥哥总是比我嗅觉灵敏，他悄悄地爬上阁楼，悄悄地拿两包切糖掖在衣服内，一个人躲起来津津有味地吃。等我发现可以拿的时候，他早已享用过不止一次了。而我每次爬上阁楼，忠实的狗儿"芝麻"都会紧随我的脚步，我抱着切糖走到哪儿，它就跟到哪儿，用渴盼的无辜的眼神凝视着我，我不忍心让它失望，每每分它几片，看它吃得嘎嘣脆，我愈加感觉切糖是如此美味。母亲看见了，说我"天一半，地一半"，却并未责怪过我，也许大家早已把"芝麻"当成家庭成员了。

如今想来，母亲为了满足我们兄妹的口腹之欲，真是费尽了心思。她总是就地取材，变着法子将蔬菜或粮食做成零食。晒芋荷干儿、豆角干儿、红薯干儿，炒花生、豆子，炸芋线、糯米酥……那些油哇、糖啊，都是她从牙缝儿里抠出来、省出来的。

除夕之前，母亲会安排我和哥哥去一趟外婆家，送过年的切糖。不知为何，外婆所在的村庄盛产甘蔗，却没有打切糖的习俗。一根小扁担、两个蛇皮袋、几十包切糖，哥哥挑着担子走在前，我亦步亦趋跟在后，过牛难石、翻石罗岭，艰难步行半天才能抵达外婆家。外婆接过担子，总是心疼地嘘寒问暖。血缘、亲情和爱，就这样穿越山岭，承载着年节礼俗，一代代传递下去。

到了正月，家家户户迎客人。首先搬上待客桌的，就是切糖。大人们并不吃，总是小孩子望着切糖眼睛发亮，迫不及待地拆一包，吃得咔咔响，嘴角上沾满了糖米花也顾不得揩一下。无论如何，孩子欢喜了，大人就喜上眉梢。

　　光阴流转到 21 世纪，当年那个馋嘴的女孩儿已是镇上的一名教师。当我春节期间重返麦菜岭的时候，忽然发现村里少有人家打切糖了。有一次，我站在屋后的坡岭上看见冬娇子，她佝偻着背，不复从前的精神和威风，想必已打不动切糖。飞入寻常百姓家的，是比切糖好吃得多的各色零食，包装精美的糖果、巧克力、果冻、饼干……简直让人眼花缭乱。

　　等到我女儿这一代，孩子们的嘴巴更刁了，面对琳琅满目的零食，他们会看品牌、比颜值，并不胡乱吃。甚至，甜味的东西已经不能满足他们的味蕾，偏要追求些别样的滋味，比如辣条、薯片、海苔……当然，水果和饮料也是应有尽有。过年和日常，于他们几无区别。

　　辞旧迎新时，再没有一个母亲为了孩子的零食而愁得眉头打结了。味蕾深处，定格下生命中珍存的那份"甜"，以及时代一程程送来的"变"。

只因你是一个母亲

许多年以后，当我也成为一个母亲，当我看着那张花蕾般的脸，暗暗发誓要给她最好的爱。当我为她殚精竭虑，任劳任怨，牺牲掉许多的自由和自我，我仿佛才真正地理解了外婆。

原来，在时间的缓慢流淌中，总有一股汹涌的母爱，要经由代际的血脉传承，顽强地奔腾在我的生命里。

记忆中的外婆，并不总是那么温暖慈爱的。那深刻的唇纹上，升起的不仅有笑容，还有厉色和讥嘲。在不多的相处光阴里，她总是扮演着管教者的角色，将我的一言一行都纳入她的势力范围，毫不客气地对我的少不谙事给予狠狠规训。有时候，我甚至不那么喜欢她，只是我常常百思不得其解，妈妈和舅舅们何以对她敬重有加，她也全然不像农村大多数老妇人那样，在子女面前畏畏缩缩。

许多故事，是从妈妈的讲述中得知的。妈妈爱跟我讲外婆的一生，讲着讲着，便潸然泪下。

外婆是个苦水里泡大的女人。八岁时，她就成了没娘的孩子，虽然很快有了个继母，但有继母的日子比没有更难过。十三岁，她被迫嫁到我曾外公家当了童养媳。那时外公可以读书，她是没份儿的。她要跟着大人挑石灰，翻过迢迢的几十里山路，把石灰卖给城里人。苦难的童年，让外婆过早地学会了吃苦耐劳、任劳任怨，也练就了她坚忍的性格。

人们常用花朵来形容女人，是呀，女人的千娇百媚丰富了人世的形态。我不知道外婆有没有像花一样美丽地绽放过。我只知道，她从一个女孩成长为女人的整个过程，几乎饱浸着生活的苦难。那个年代没有节育术，外婆共生过八个孩子，养大七个，夭折一个。生养了这么多孩子的外婆，却从来没有坐过月子。由于外公在外乡教书，外婆便是家里的重劳力，犁耙辘轴，莳田打谷，样样在行。每次孩子落地不出两天，外婆就挽起裤脚下水田了。外婆是不想休息吗？当然不是，她只是知道自己不能休息。她休息了，田里的活谁干呢？

一次，生产队通知每家每户要派个身强力壮的男人上山砍竹子，外婆放下嗷嗷待哺的孩子就上了路。几十个人的队伍中，外婆是唯一的女人。男人们都劝她回去："有姑婆，你干活不要命了？这可不是你们女人能受的苦哇。再说你才生完孩子，身体哪受得了？"外婆一咬牙："你们男人能干的活，我样样都能干。"山风呜咽，天寒地冻，外婆硬是拖着虚弱的身子，扛着重重的毛竹回了村。外婆知道，只有干这样的重活，才能多挣些工分，才能在干活后分上点儿食物，好带回家填填孩子们那空空如也的肚子。也唯有把活出色地干好，她才有再次被派去的机会。

那时，正是"大跃进"、浮夸风的残留席卷乡村大地的20世纪60年代。饥饿的日子，是那样难熬，外婆的孩子却接二连三地出生。她的三儿，没有一天吃过一个饱肚。他饿呀，每当大人们在大食堂里吃饭的时候，刚刚学会走路的他就蹒跚着走到大人的屁股后，扶着凳子一个一个地搜寻着大人们不慎掉落的一两粒米饭，捡起来塞进嘴里香香地吃下去。外婆看着瘦弱的三儿，心里那个酸哪！除了拼命地干活，拼命地挣工分，她还能怎样呢？

可怕的天灾没有打倒坚强的外婆。至少，日子虽苦虽累，看着一大家子人平平安安地过，外婆还是心满意足的。然而一次猝不及防的人祸，却几乎一下子把外婆击蒙了。一个本该风平浪静的日子，外婆照例早早地给怀里的孩子喂了奶，下地干活去。不一会儿，曾外婆颠簸着小脚，一路号啕大哭来找她。原来身体一向健康的外公，竟然在教书的小学校里突发急疾，没有任何征兆地去世了。外公去世的时候，是在一间单人宿舍，身边没一个照应的人。天，一下子变得阴风飒飒。外婆感觉眼前的一切，只剩下黑色。

外公一生清贫，除了那两间栖身的土坯房，他几乎没有给外婆留下任何遗产。只给她留下了需要照顾的两个老人和七个不谙世事的小孩儿，还有肚子里一个尚未成形的胎儿。谁能想象外婆当时的绝望与无助呢？叫天天不应，叫地地不灵。那个虽然很少帮她干活，却是她心灵支撑的男人，再也不会站起来叫她一声"有姑"了。那些还不懂事的孩子，就围在她的身边，流着鼻涕，抹着眼泪，他们再也没有"大"（父亲的意思）可以叫了。

外婆在悲痛欲绝中度过了人生中最黑暗的一段日子，无法停止的负重劳动加上精神上的严重创伤，夺走了外婆腹中的胎儿。外婆想：她不能再失去任何一个孩子了。从此，没有了男人的外婆，既是女人，也是男人，她必须成为一座顶天立地的山。

因为外婆的能干是远近闻名的，劝她改嫁的人便一茬一茬地来。年纪轻轻的女人，谁不希望有个男人可以依靠？可是外婆说什么也不答应："家里上有老，下有小，我走了，谁管他们？缺德呀！"知道她的态度坚决，后来，便再没有人敢在她面前提这事了。

好心的村民劝她，不如把最小的儿子过继到别家去养。村里没生娃的有好几家，会好好待他的。外婆看着自己的孩子，他们就是自己身上长出来的小树苗哇，拔了哪棵，都等于是在她的心上剜一个洞，她怎么舍得把孩子送出去呢？她发誓说："就是煮羹吃粥，我也要把他们养大。"孩子们陆陆续续可以帮忙了，却也一个个地到了上学的年龄。外婆又一次做出了人生中极其伟大的抉择：送孩子读书！外婆目不识丁，却深明大义。她始终坚定地认为，只有读书才能改变孩子的命运和整个家族的命运。

大舅考上江西农大的时候，村里此前从没出过一个大学生。送大舅去读书的那天，外婆喝醉了。喝醉了的外婆看着比大舅小的四个儿子说："你们也要发狠读书，读出了头，就有快活茶饭吃了。"

二舅高中毕业后，选择了当兵。他和村里人告别时，全村人都哭出了声。哭的原因，除了二舅人缘儿好，大家舍不得他离开外，更多的是对外婆的担忧。是呀，大儿子、二儿子都出去了，家里就真的没有一个壮劳力了。外婆好不容易养大了儿子，自己却还得继续吃苦受累。后来二舅考上军校，接着提干，也成了不大不小的国家干部。许多人都称赞外婆有福气，个中的甘苦也许只有外婆自己清楚。

三舅是外婆唯一留在农村的儿子。他从小成绩优异，可惜生逢特殊年代，没有一个安静的教室和课堂。那些年他被频频安排跳级，像坐了直升机，云里雾里地就到了高中毕业，最后却连高考的机会都没有。也许正因如此，三舅成了外婆一生的遗憾，但最后又阴差阳错地成为她老年生活中最安稳的依靠。

四舅、五舅参加第一次高考时，相继以几分之差落了榜。大家都对外婆说："有姑哇，你已经尽了力了，他们没那个命，你就想开点儿吧，可以收回来帮衬帮衬你了。"可是外婆不愿意，她相信她的儿子是读书的料，坚持把他们送回学校复读。四舅、五舅背着干粮，流着泪进了县一中，成了学校里最用功的复读生。第二年，他们果然没有辜负外婆的期望，考上了大学。毕业后，他们双双留在省城工作。后来条件好了，几个舅舅时不时地开着小车儿，把外婆接到省城生活一段时间。外婆那没了牙的嘴，总是乐开了花。

人说女人能顶半边天，外婆撑起的，何止是半边天？

后来，外婆又将培养孩子读书的执着渗透到了我们家。有一年暑假，我刚领到暑假作业，拿回家里就唰唰唰地做了起来，全然忘了爸爸叮嘱我去池塘里看鱼的事。爸爸回到家，一怒之下把我的暑假作业撕了个粉碎。外婆知道了，毫不客气地责问起爸爸来："孩子肯读书有什么错？你想让她跟你种一辈子田？"说得爸爸哑口无言。外婆常用她那饱经风霜的粗糙大手，拉着我和哥哥的手说："满崽，要学你舅舅，考上大学，过好日子。"

1994 年的那个夏天，我考上了师范，成了全村第一个丢掉锄头柄的女孩子。家里为我做升学酒的那天，外婆坐在贵宾桌的上席里，高兴地大碗大碗喝酒。事实上，外婆内心的痛楚，谁知道呢？由于家庭贫困，我的妈妈止步于小学毕业，失去了更好的人生选择。那时候，外婆太苦，太需要妈妈搭把手撑持家务了。无论妈妈怪不怪她，外婆的心里都是歉疚的。如今，外婆看着自己的外孙女改变了命运，无异于获得了另一种心理补偿。诚然，我的人生是单属于我的，然而从某种意义上说，我又是在替她们实现着未竟之梦。

世界上，母爱的方式有无数种，一个好母亲也从来没有固定的标准。它们只是被一秒、一分、天天、月月、年年地践行着，最终持久地涌动在亲人的血脉里。

时光从来不饶人，不知不觉中，那个强势的外婆老了，缺了牙的嘴巴也干瘪下去了。她的神情里增添了许多慈爱与满足，褪去了曾有的严厉和抗争。曾经的外婆，是个多么能干的女人哪，一辈子没对命运低过头，服过输，再难登的山她都要登，再难受的苦滋味她都吞进了肚里。人们常说她是个苦命的女人，可她分明又是个好命的女人。一辈子孝老扶幼，老来儿孙满堂，培养的子女个个有出息、懂孝顺。每当村里有了喜宴，人们总是请她坐上席。这一生，她不知走过了多少沟沟坎坎，终于可以憩息于一片宁静的港湾。

外婆的晚年，大多是在乡下度过的。陪伴她的，是她没能送到远方的三舅。偶尔她也去城里住一段时间，但她总是住不惯，很快又闹着要回家。像一只飞出老巢的候鸟，外婆多数时候守在那幢老屋里，一年一年地守候着儿孙的归期。村民们常常打趣地说："有姑婆，你把孩子都送到外面去，图的什么呀？"

外婆从不争辩。是呀，图的什么呀？只因你是一个母亲！

比 如 童 年

于是悄然坐在肥沃的岸上，
陷入沉思，倾听着风声，
逝去的岁月在眼前一掠而过……

——普希金《皇村回忆》

上篇：大难不死

要命的疖子

我的右额上，留有一块儿时落下的疤痕。念小学时，一位男同学在我梳头的时候偶然发现，不禁失声惊呼："疤脑袋！"于是，同学们围过来，瞧着我的脑袋，证实了那位男同学的发现。他们哈哈大笑起来，随后唯恐天下不乱地展开了热烈的议论。一段时间里，这个疤痕成了同学们最感兴趣的话题。我坦然接受了同学们的目光和议论，因为它记录了我人生中经历的第一场劫难。事实上，我活着，而且活得好好的，这就够了。

我自娘胎中降生时，是酷热的六月天。那时母亲既要干家务，又要做农活，根本没时间照顾我，更不用说给我弄辅食了，她只能用最方便又不费钱的奶水来填饱我的肚子。这样一来，我对奶水就产生了顽强的依赖。

等过了周岁，母亲下决心要给我断奶。麻烦的事来了，无论她出什么狠招，比如在乳头上涂辣椒水、抹苦瓜水什么的，依然无法消除我对母乳的惦念。无奈之下，母亲只好把我送到外婆家，一送就是半个月。据说那半个月里，我几乎什么都不肯吃，整天以哭闹表示抗议。当然，抗议的结果是整个人瘦了一圈。

母亲刚送走我，就急忙响应国家计划生育政策的号召，成为全村第一批结扎的妇女之一。手术后，父亲为了给母亲补养身体，特意买了一支红参回来。据说，那是母亲平生第一次吃到人参。

我的负隅顽抗终于有了效果，外婆把我送回到母亲身边。半个月的分离，不仅没有让我忘掉奶水的味道，反而让我想喝奶的欲望更加强烈。一见母亲，我便一头钻进她怀里。母亲多日不见我，一时心软，加之奶水使乳房也胀得难受，便让我美美地饱餐了一顿。

在七月的暑天里，红参的作用是显而易见的，它的营养很快通过奶水进入了我幼小的身体。我先是全身长痱子，奇痒难耐，自己用手乱抓乱挠。这还不够，接踵而至的是长疖子。其中右额靠近太阳穴的一个疖子，竟然越长越大，一触碰就疼得嗷嗷大叫。母亲抱我到诊所打针，天天打。打了一个星期，不管用，疖子慢慢溃烂流出脓血来。母亲想起自己最小的妹妹就是因为疖子出血而夭折的，不禁慌了神儿，赶紧传口信给正在外村放电影的父亲，叫他马上回来。

父亲回到家，见我出血不止，抱着我一路狂奔到乡卫生院。医生赶紧为我止血、抢救，并告诫父母："再拖下去，只怕命都保不住了。"据母亲的回忆，当时从伤口溃烂处能清晰地看到我头部的血管，幸亏及时止住了血，我才转危为安。在医院治疗的那段时间，我居然不再吵闹着要奶吃，变得安静起来。但刚刚牙牙学语、蹒跚学步的我，一下又畏缩不前了。

病好后，整个童年里我一直瘦弱无力，浑身青筋突出。邻居的奶奶婶婶们老喜欢掀开我的衣服看，指着满肚子的青筋说："唉，都是参'烧'到啰！"

那个疖子留下的疤痕没有随着年龄的增长而逐渐消失。一次和同事到公务大楼办事，在电梯里，一位男士正好站在我的右侧，他看着我光光的额头上那个大大的疤痕，好心地提醒我说："建议你留点儿刘海，像她这样的。"他指指我的同事。

我谢过他的好意，淡淡地一笑。他不知道，这个见证过我生之艰难的疤痕，我从未刻意想要掩饰它。

从樟树上跌落

从记事起，母亲一直是忙忙碌碌的。20世纪80年代初，农村刚刚分田到户，家家户户干劲儿都很足。母亲每天吃过饭就出门干活去了，于是白天的时光里，我多数时间跟在年长的孩子屁股后头转。那时农村的孩子都是"打野放"的，不似现在的孩子，从小被捧在手心里呵护着。

孩子们没什么玩具可玩，就变着法子寻刺激。我家屋后是一座山坡，坡上有一棵驼背樟树，弯弯的树干一直伸到我家屋檐下。驼背树好攀爬，便成了孩子们的游乐场。大孩子手脚利索，爬树自然不在话下。而我只能胆怯地站在一旁，羡慕地看着他们在树上摇啊、晃啊，大声地笑哇、闹哇。

终于有一天，我再也禁不住诱惑，脚痒痒地想要往前挪。比我大几岁的小莲见状，不停地鼓动我说："不怕，你爬过来，我拉你。"我当时不知哪里来的胆量，真的就抱着树干往前爬了。没想到爬了一段，小莲居然不再理我，自顾自窜到其他树枝上晃去了。也许她觉得我反正会爬，不用她拉了吧。但我却因此慌乱起来，一个人悬在树干中间，进也不是，退也不是。他们坐在树杈上疯狂地摇晃着树枝，我害怕极了，死死地抱住树干。不知是树干太大我力气太小，还是我已全然被吓傻了，总之第一次爬树的我留下了最不光彩的一页——我一失手，就啪的一声摔了下去。

小伙伴们见我从树上摔了下去，一时都吓蒙了，他们立马从树上下来，作鸟兽散。不知是谁喊来了大人，才把我从房檐下抱了起来。奇怪的是，我从三米多高的地方摔下来，居然毫发未伤。当时就只是蒙在那里，不知道哭，也不知道叫。这也许还得归功于我长得瘦弱，体重过轻。

母亲回来后，见我没事也就罢了。不过她没有放过那棵驼背樟树，三下五除二挥刀砍了它。自此孩子们少了一个游乐园，也再没有孩子像我一样从树上跌落过了。母亲的果决，也算是消除了村庄里的一个安全隐患吧。

偷柚子的后果

秋天到了，罗发爷爷种的柚子树上，挂满了一个又一个圆溜溜黄澄澄的大柚子，看着就让人眼馋。

白天，大人都去田里劳作了，比我大两岁的堂姐建华开始蠢蠢欲动，她叫上我，神神秘秘地说："想不想吃柚子？"我舔舔嘴唇说想吃呀。她一招手，我便傻乎乎地跟着她来到了柚子树下。

建华吩咐我站在树下捡柚子。她呢，抄起一块大石头就往树上砸。我眼巴巴地看着她举起石头，等着柚子从树上掉下来。没想到掉下来的不是柚子，而是大石头，不偏不倚正中我的脑门儿。

我只感觉脑袋嗡的一声，还没回过神来，脑门儿已经被砸出了一个大窟窿。鲜血登时汩汩地冒出来，我能感觉到血流经我的脸庞，又流过我的嘴巴，一舔，咸咸的。接着我又看到殷红的鲜血顺着脖颈往下一直流，流到了我新的绿色卡其上衣里，染红了一大片，像绿叶中间开出一朵硕大的红花。我以为我就要死了，吓得哇哇大哭起来。建华见势不妙，立马扔下我逃之夭夭。

母亲闻讯，扔下正在收割的稻子，匆匆赶回家，带我去找医生。那个大大的伤口缝了十多针，我一头好好的头发也被剪得乱七八糟。我的脑门儿上上了药，贴上了许多白色的纱布和胶带。那段时间，我一直觉得自己的头上盖了一块瓦，极不舒服，连抬头望天也显得困难。

就在我去上药的当口儿，伯父家正在苦苦找寻逃跑的堂姐。大概她见我流那么多血，以为我被她打死了，心想不逃的话迟早也会被大人打死。直到天快黑了，大人们才在五六里外的东湖村找到了她。可怜的她正趴在村边的茅草丛中，想回家又回不了。原来她逃跑的时候慌不择路，自己也无法辨认家的方向了。

堂姐走进家门的时候，堂哥正在灶膛边烧火。他举起火叉恶狠狠地对她说："你再害人，小心我戳瞎你的眼珠子！"堂姐恐惧地后退了几步，一句话也不敢多说。总算把她找回来了，大人们也就没再怎么训斥她。

那晚是在伯父家吃的饭，不谙世事的我早已忘记了伤口的疼痛。看到大人们围着我嘘寒问暖，呵护备至，我反倒觉得格外温暖、格外幸福。

孵化池遇险

小时候，我没学会游泳，却极爱玩水。去田里干活，我会故意把衣服弄脏弄湿，这样就有理由整个人投入小溪的怀抱尽情地浸哪、泡哇、洗呀，不至于遭到大人们的反对。

但最吸引我的还要数村子北面的孵化池。那会儿我们村不远处建有一个社办企业，叫渔业厂，办得甚是红火。为了培育鱼苗，厂子里砌了很多圆形水池，水池里注满了水，颇似现在的游泳池。只不过水池底部是圆锥形的，越往中间水越深。

夏日的午睡，我向来是睡不着的，单等父母睡熟了，好悄悄地溜出去玩。这一天午后，我仍然躺在床上翻来覆去睡不着，忽然见到堂姐瑞香和建华从我家的窗子边闪过，她们用右手的十指和中指比画着一个我再熟悉不过的暗号。我知道，她们来邀我去玩水，当即像得了特赦令般兴奋不已。瞅瞅父母好像都睡了，我便蹑手蹑脚地走出了家门。

我们三姐妹会合后，立刻一路小跑直奔渔业厂。太阳火辣辣地照射下来，我们丝毫也不觉得难受。孵化池里的水像烧过似的，有些烫，但这些不舒适的感觉全都被自由的喜悦冲淡了。

池子外围的水刚好没到我的脖颈，我把自己泡在水里，绕着池子边缘走了一圈又一圈。我不会游泳，充其量只能用双手装模作样地划过来划过去，渐渐感到有些无聊。再一看两位堂姐，她们正往池子中间慢慢走去，玩得煞是开心。看到她们走到中间，并没有被水淹没，我开始跃跃欲试，放松了警惕。当我一步一步往深水中走过去时，已全然忘记了自己和堂姐们的身高差异。

水渐渐从我的脖子漫到了嘴巴，此时我想往外走已经来不及了，只觉得身子不由自主地向深处滑去。我一慌乱，扑腾一下，水立即漫过了我的鼻子，很快又漫过眼睛、漫过头顶。那一刹那，我清醒地知道我要完蛋了，但已无力挣扎。

忽然，我感觉有一个人向我走过来，伸出手拉住了我。求生的本能使我将整个身子的重量都压在她的身上，并死死地抱住她的脖子。她被我一扯，一下子也沉了下去。好在她个头大，力气也大，很快又露出了水面，一步一步将我拖到浅水区。我睁开眼睛，发现原来是瑞香救了我。

当我终于缓过神来，许久依然惊魂未定。再看看建华，她仍兀自在水中玩得乐呵呵的，好像根本不知道身边发生了什么事。我总算明白，为什么她的绰号叫"牛"。而对于瑞香，我至今仍心存感激，把她视作救命恩人。如果当时她也像建华那样自顾自地玩去了，恐怕我早已不在人世。

这件事我一直不敢对父母提起，实在是心有余悸。不过从那次起，我再也不敢玩水了。都说大难不死，必有后福。这么多年来，不能说幸福已真正地降临于我，但我一直很珍惜自己所拥有的，毕竟我能好好地活着，已不仅仅是自己的福祉，更是所有爱我的人的福祉。

中篇：幸福时光

那个温暖的冬天

我长到四五岁时，哥哥开始上小学了。因为外婆家附近有个村小，父母便把他送到外婆那儿读书。而我没有幼儿园可上，于是天天跟屁虫似的黏着父母，由此享受了一段自出生以来难得被父母专宠的幸福时光。

那个冬天似乎格外寒冷，母亲的劳作却不曾因天寒地冻而停止过。刺骨的寒风刮过大地，母亲闲不下来，要去河边砍些杂树做柴火。我执意要跟着她，母亲只好把我带上。她用围巾将我的头和脸裹了个严严实实，只露出眼睛和鼻孔。为了逗我开心，母亲一边干活，一边唱儿歌给我听。她的歌声极其嘹亮甜美，与哗哗流淌的河水一齐流进我幼小的心田，让我在等待回家的时光里有着满心的欢愉。

河边长着一种野灌木，树上开满了粉红色的类似桃花的花儿，在这万木萧瑟的冬天里显得分外漂亮。干完活，母亲用冻得红肿的手为我折了一大捧野花，乐得我又蹦又跳。回到家中，母亲又把野花一朵朵摘下来，插在我的长辫子上，还领着我去照镜子。那时的我呀，真的以为自己美极了，再没有人比我更美了。我又乐颠颠地跑到父亲面前，晃动着脑袋问："爸爸，你看我漂不漂亮啊？"父亲慈爱地看着我，摸摸我的头说："漂亮，漂亮极了。"我顿时快乐得笑开了花。我看见母亲也在一旁笑，笑成一朵比我还大的花。

没过几天，我记忆中的第一场大雪纷纷扬扬地撒向了大地。此时母亲终于不用整天奔忙在外，可以躲在家里不出门了。屋门外的禾坪上积了厚厚的一层雪，母亲便提着桶，小心地舀起门前干净的积雪，舀了一桶又一桶，把家里的水瓮装得满满的，像堆了一座晶莹剔透的小山。

母亲从未像现在这样大白天待在家里，她带着我窝在温暖的厨房里，就着一个火笼一同取暖。望着一水瓮洁白的雪团，母亲忽然来了兴致，说我们来堆雪人吧。闲不下来的母亲总是这样带给我意外惊喜，我高兴得拍手叫好。只见母亲拿起一把汤勺，一勺一勺地舀起雪团堆砌在一处。很快，我看见了雪人的肚子、雪人的头和脸。母亲找来两粒花生米安在雪人的头上，眼睛出来了；再找到一根胡萝卜插在雪人的脸上，鼻子也出来了。那是多么奇妙的时光啊，眼看着干净透明的雪花在母亲的手中渐渐堆起一个胖娃娃的模样，真让我吃惊得无以复加。偎依在母亲的怀里，我想象着雪人会怎样走出来和我一同玩耍，于是对着雪人痴痴地说了一大堆的傻话。

胖乎乎的雪人后来是怎么融化的，我早已忘掉了，但在那个极其寒冷的冬天里，一个心灵手巧的母亲却用她的爱，为我留下了最温暖的记忆。

长辫子姑娘

听母亲说，我没剃过满月脑，头发从出生一直蓄到七岁，长至腰间。虽然我的头发又黄又稀，但我打小就很是引以为豪，跑动时经常故意把脑袋晃来晃去，甩动着长辫子，自我感觉良好。

小时候，我常常住外婆家。有一次我再去时，发现外婆家隔壁新搬来一户邻居，那户人家有一个和我同龄的小男孩儿，叫墩子。墩子第一次见到我时，对我的长辫子很是惊讶。初识时因为陌生，我们没有在一起玩儿。但墩子当天回去对他妈妈说的话，我却一直记忆犹新。

他跑回去像宣布世界奇闻一样对他妈说："妈妈，丽萍（我表妹的名字）家来客人了，说和我一样是六岁，辫子有这——么——长！"墩子一边拖长声音一边吃力地用手比画给他妈看。他妈于是特意跑过来看我，并把墩子说的话学给大家听，两家人因此笑作了一团。

自此，我和墩子也熟识了。每天上午，三舅母给我和表妹梳头发的时候，他都会好奇地跑过来看。那时候，我们头上都长虱子。三舅母端了一个脸盆，坐在椅子上，而我则在她的膝下坐在一个小板凳儿上，安静地让三舅母给我梳头。她时常拿一把细密的篦子帮我除虱子，虱子篦下来，掉在脸盆里四处乱爬。此时墩子就会在旁边大着舌头数虱子："一只、两只、三只……"直到他再也数不清为止。

三舅母给我和表妹篦完虱子后，往往会大声地叫人来看她的累累战果，然后一个一个地歼灭它们。只见她用大拇指的指甲盖儿朝虱子用力一按，咯嘣一声，虱子流出一摊污血来，死了。歼灭一个，再歼灭一个……在我们的心里，那是多么快意多么有成就感的事呀。

后来，墩子家搬到别处去了，我从此再没有见过那个可爱的小男孩儿。而我的三舅母也因为肝硬化英年早逝。属于六岁时的那段冬阳下篦虱子的幸福时光，永远地一去不复返了。写到这儿，我忽然莫名地感觉到头皮有些痒痒的。

碗底的煎鸡蛋

虽然一直习惯说去外婆家，实际上外婆和三舅住在一起，真正当家的人是三舅母。

三舅母极善持家，在那个衣食不丰的年代，她是非常节俭的。有一年，她种了一大块地的胡萝卜，产量很好，可是又没处去卖。那段时间，外婆家餐桌上雷打不动的菜肴就是一碗胡萝卜。我本来就瘦弱，食欲不佳，像这样天天吃胡萝卜，很快就腻烦了。以至于一看到胡萝卜就反胃，干脆连饭都吃不下去了。

外婆看在眼里，疼在心里。吃晚饭的时候，全家人喜欢端着碗到屋门口的禾坪上吃。一天晚上，外婆忽然悄悄地走过来，从碗里翻出一个煎荷包蛋，以迅雷不及掩耳之势夹到我的碗里，并示意我不要说话。

我吃着香喷喷的煎鸡蛋，一碗饭很快一扫而光，多日来第一次吃了个饱。后来，外婆做饭时干脆先把蛋藏在我的碗底，单独放一处，吃饭时装作帮我盛饭，悄悄地端给我。每次我拨开米饭，看到那个卷着焦黄的边儿的煎鸡蛋，仿佛就能看到外婆慈爱的目光抚遍我的全身。我只有快快地吃下去，并保守住这个秘密，才对得住外婆的一片苦心哪。

其实我心里非常清楚，那时候三舅母家有两个比我小的表弟表妹，三舅母自己也舍不得吃，舍不得穿。外婆这样做，是冒了一定的风险的。幸好表弟表妹都长得比我壮实，饭量也好。外婆如此偏爱着我，也许自有她的一番道理。

长大以后，鸡蛋再也不是什么稀罕食物了。我吃过各种做法的鸡蛋，但是在我的心里，再没有什么比外婆藏在碗底的煎鸡蛋更香、更美味的了。

月光下的呼唤

年纪很小的时候，我和哥哥就尽力帮着父母分担家务了。跟着大人去过几次小梅坑之后，他们就放心地让我们兄妹俩自己去那儿割芒萁了。

那天，我们邀了村里的福泉、凤群兄妹一起上小梅坑。因为还没学会捆芒萁，我们就分别在一根禾秆儿两头各串一个畚箕，预备直接装起来挑着走。

哥哥和福泉都极爱讲故事，我和凤群这两个做妹妹的则喜欢听故事。一路上，他们两个有说有笑，轮流讲起故事来，听得我们是一愣一愣的，不由自主地放慢了脚步，几乎忘了此行的目的。二三十里的山路，一路慢悠悠地走，也不知走了几个小时，才到达可以割芒萁的山坳。

放下担子，我们各自开割，很快装满了畚箕，开始打道回府。回家的路上，我又央求他们讲故事。这次是我哥主讲，讲的是连环画里看到的故事——《水浒传》，故事情节生动，我听得津津有味，几乎感觉不到肩上的担子沉不沉。由于山路狭窄，我们四个人前后排成一列方能行走，听故事很不方便。于是每到一个开阔的地方，我便提议歇一歇。哥哥一歇下来更是讲得眉飞色舞，每讲到有打斗的精彩之处时，还辅之以动作。我们四人沉浸在动人心魄的故事情节中，不知道日头是怎样悄悄地挪移了它的脚步。没有人戴手表，也不知道歇了多长时间，就这样一路走走停停，眼看着太阳快落山了，我们还在半路上。有了故事的陪伴，谁也不急着赶路，心想迟早能到家吧。

等我们优哉游哉地走到渔业厂的围墙边时，月亮早已升上了天空。皎洁的月光照亮了我们归家的道路，使我们有了一种格外的兴奋感。忽然，我隐隐约约听到村子那边有人在大声呼喊着什么。再仔细一听，竟是我的奶奶。奶奶很少大声说话，我从未听过她用如此嘹亮的声音呼唤我们兄妹的名字，然后拖长了尾音极力地叫唤着："归——来——吧——"

那是一种无奈无望又充满期盼的呼唤，这呼唤将我从故事中迅速地拉回到现实中来，我这才意识到自己让大人担心了。我用自己所能发出的最响亮的声音热烈地回应了奶奶的呼唤，奶奶悲喜交集地迎了上来，口中念着阿弥陀佛，似乎长出了一大口气。

原本割芒萁只需半天就能回来的，而我们却耗费了一整天的时间。从下午开始，我的奶奶就站在桥头翘首等待我们回家了。她担心我们出事，隔段时间就呼唤一次我们的名字，也不管我们能不能听见。等了一个下午也没等到，她就一直站在桥头，喊到月亮出来，喊到我们平安回家。奶奶一向虔诚向佛，其间她念了多少次"南无阿弥陀佛"，恐怕连她自己也数不清了。

那次割芒萁回来，我似乎一下子长大了许多。那月光下的呼唤，让我懂得了什么是牵挂，什么是爱。

下篇：走进学堂

睡着的"a"

六岁那年，母亲觉得应该送我上小学了。于是，我和长我两岁的堂姐建华一起，踏进了排脑村小的学堂。

村小其实是一个老旧的祠堂改的，课桌凳子全部由简易的木板钉成，黑板用一个木架子撑起来，上面的黑油漆脱落了不少，显得灰不溜丢的。母亲交了八块五毛钱学费，我便坐进了村小的课堂，和十几个比我大的孩子混迹在一起，开始了懵懵懂懂的读书时光。

村小的老师是个民办教师，本村人，人们都叫他检发老师。无论天冷天热，他总是戴着一顶帽子。我曾经探究过他帽子下的头顶是不是秃的，结果有一次他偶然脱下帽子，我慌忙跑过去仔细打量，发现他的头发居然长得很茂盛。于是上课时我的注意力便时常集中在那顶浅绿色的旧军帽上面，至于那两片薄薄的嘴唇究竟讲过些什么话，我几乎是一概不知的。

唯有一句话，我竟在心里揣了二十几年都不能忘却。

那一堂课，要开始学汉语拼音。老师在油漆斑驳的黑板上写了个"ɑ"，要我们照着写。我没有上过幼儿园、学前班，父母也从未教过我怎么写字。念书是什么，我稀里糊涂，只知道有个花书包是令我喜欢的。对于那支硬硬的铅笔，我无论如何也无法将它使得像筷子那般自如。我憋得满头大汗，又不敢说我不会写字。只好瞅瞅四周，看看别的同学怎么做。这时，堂姐建华也正在抓耳挠腮呢。不过还好，看了一遍终于知道怎么拿笔了。我使劲儿地握着铅笔，在本子上写下了平生第一笔——一个笸箩般大的"ɑ"。

写完后，我有些得意。再看看老师，他正行走在同学中间一个个巡视，不时握住一个孩子的手，一笔一画教他们写。终于，他走到我身边。只见他拿起我的本子，单说了一句话："你的'ɑ'怎么写得像睡着了?"我期待着他像教其他孩子一样抓住我的手写一遍，但是他没有。我不明白为什么我写的"ɑ"像睡着了，我等着他告诉我，可是他没有。他转身就走了，我只看到他的后脑勺，看到那顶浅绿色的帽子。

我感觉自己遭到了前所未有的冷落并受到了刺激。那天回到家里，我对着母亲哭了个稀里哗啦。我告诉她老师说我写的"ɑ"睡着了，我再也不去上学了。母亲没有责备我，也没有去找老师说什么。她把包新书的书皮儿全部拆下来，带着我去退了学费，又牵着我的手回家了。他们都说："她还是太小了。"

那次不光彩的上学经历只延续了三天时间，就因为老师的一句话而草草结束。按理说那样的敏感不应该属于一个六岁的孩子，但我至今却仍记得六岁时所体验到的失落与打击、伤心与痛苦。

多年以后，当我回到家乡的那所小学校，也做了一年级的老师，我总是想着，对于纯洁如一张白纸的童心，一定要小心翼翼地捧在手心。

大军，对不起

大军这个名字只怕没有多少人会提起，因为他有一个叫得很响的外号——马面。其实说起来，我和他是"老同学"了，虽然头一年我只和他共同学习过三天，但是当我重新走进村小时，他留了级，又和我成了同学。

排脑村小有两个老师，每人带一个班，从一年级一直带到二年级。所以这次我的老师换成了运桂老师，也是本村人。不知道是他的教学方法对我起了作用，还是我在读书方面突然开了窍，总之此番上学，所有的拼音、读写、计算竟然再也难不倒我。于是，我很快就成为老师最喜欢的学生、最得力的助手。那时我有一个特权，可以随时出入老师的办公室，任意拿走粉笔，天知道这是多少孩子羡慕嫉妒的事。

在村小中，一个老师包揽了全部课程，我也包揽了班里的大部分班干部职务。管纪律时我是班长，收发作业本时我是学习委员，上体育课时我是体育委员。职务太多，以至于经常混淆。有一次上体育课，列队时老师大喝一声"立正"，我一个激灵，竟然响亮地回了一句"起立"，惹得大家哈哈大笑。不过这没什么，我在班里的威信是少有人能撼动的。

只有一个人除外，那就是大军。大军个子高，力气也大，父亲是当时的村党支部书记。由于大军父母离异，他便有了继母，还有了一对双胞胎弟弟。看得出他生活得并不幸福，常常穿得很破旧，夏天往往就穿一件最简单的背心和一条短裤。他的调皮捣蛋是不是天生的，没有人说得上来。但班里的孩子多半怕他，平时他捣个乱，欺负个人什么的，基本上没遇到过反抗。

遇到农忙，老师常常要赶着去做些犁田等农活，便让我们自习。这时，班里的事大多就交给我了。我会在黑板上出些看拼音写词语、加减法之类的题目让同学们抄来做。题目出完了，我回到座位上，自己也抄来做一遍。大部分同学都很自觉地做题，只有大军敢离开座位。他不仅到处乱跑，还跑到我的桌子前，双手攀着桌子荡秋千，并不时地笑话我几句。

等老师回到学校时，我立马把大军的劣迹向老师报告了。我原以为报告是我的责任，老师顶多骂他两句也就没事了。可是意想不到的事情发生了：老师不知为什么一下子发起那么大的火来，他一把揪住大军，将他提到了祠堂的天井旁，大喝一声"跪下"。大军站着不动，老师又用扫堂腿给了他一腿，他才老老实实地跪在了坚硬的青石板上。我清楚地听到了噔的一声脆响，我的心也随之咯噔了一下。他整个人显现出极其难受的样子，平日里嬉皮笑脸的表情全然不见了，我想他一定很痛吧。

我忽然后悔了，心里非常明白他的调皮不至于受到如此严重的处罚。曾经也有人打过他的小报告，可是老师并没有这样惩罚过他，没想到我的一句话会让他承受这样的痛苦。所幸他从没记恨过我，也没有报复过我。此后在一年多的相处时光里，他变得规矩了很多。

有一次，他的生母来村小找他。在祠堂背后的树林里，他们僵持了很久。他母亲递给他一大包煎粿子，他倔强着不要；她又从布包里掏出一些钱塞给他，他也不接。无论问什么，他都昂着头不说一句话。他的母亲终于哭着离开了，我看见他站在原地，望着母亲的背影渐渐消失，这才偷偷地抹了一下眼睛。这更加深了我对他的同情，以及对于那件事情的忏悔。

大军，我真想对你说声"对不起"。

一个美丽的老师

廖老师是我读书生涯中遇到的第一个女教师。当我离开村小来到中心小学上三年级时，她在我的学习生涯中闪亮登场了。那时她教我们数学，还担任另外一个班的班主任及数学老师。

她的漂亮从一开始就吸引住了我的目光。那会儿她刚毕业吧，修长的身材、白皙的皮肤、又黑又亮的长头发，还有那笑眯眯的眼睛，是那样和蔼可亲。她的美丽照亮了整个教室，让我觉得上学是一件多么快乐的事情。

冬天到了，离学校近的同学喜欢提一个火笼来教室里取暖，这样他们在上课时就不像我们冻得直跺脚。廖老师不但宽容了这些提进教室来的火笼，课间十分钟还留在教室里和同学们一起烤火。有火笼的同学都乐得把火笼让给老师用，她常常是手上一个，脚上一个，有时还把鞋垫也掏出来暖和暖和。这时，她的身边总是围着一大群同学，叽叽喳喳地说着话。大胆的还可以理一理她的长头发，摸一摸她衣服上的花边儿。啊，那温馨场面，那亲热劲儿，真是羡煞我也。

于是，我回到家后立马宣布第二天也要带火笼去学校。母亲很是诧异，因为我家除非数九寒天，从来不用火笼的，我也从没带过火笼去学校。可是我不管，我一定要，母亲只好依了我。

第二天，母亲起了个大早，把柴火烧得旺旺的。上学前，她递给我一个热乎乎的火笼。我提着它兴奋地想着：今天我也能和老师一起烤火了。我甚至已经在脑海中想象，她那美丽的脸庞会怎样对着我灿烂地笑起来。

可是麻烦来了。我家离学校远，为了赶时间，经常是一路小跑着上学的。那天提着一个火笼，不消说，我不敢快跑。为了不迟到，我又不得不加快脚步。结果一不小心，火笼里的木炭往一边倾斜了。风呼呼地吹，木炭上面的灰也被吹散了。更糟糕的是，我忘了带一块布蒙住火笼盖，木炭的热量很快便消散在冰冷的空气里。

上完第一节课，我发现我的火笼已经不再热乎了。天哪，我怎么好意思把这样的火笼送给老师用呢？唯一的一次取悦行动就这样以失败告终了。我终究没能享受到和她坐在一起烤火的暖意，没能听她柔声细语地说些家常话。我只能对着我那已经冰凉的火笼暗自嗟叹。

这样的傻事也许只能永远埋在心底，为了不被人笑话，我从未对任何人提起过。有谁知道呢，一个美丽的老师，会对一个孩子的一举一动产生多少微妙的影响。

一年后，廖老师却要调走了。我站在远远的地方，看着她提着箱子和别的老师道别。这时一位女同学冲过去抱住了她的大腿，我的眼眶也悄悄地湿润了。我真希望自己能像那位女同学一样勇敢，可是我却没能做到。

时至今日，廖老师已经是教育系统里一个不大不小的领导了。在爬山或散步的途中，我常常能碰见她。由于近视，我常常看不清人，而她总是用她那依然清脆温和的声音先和我打起招呼来，丝毫没有师者及领导的架子。我想：她的美丽，是从骨子里散发出来的。这种美丽，注定会让许多人铭记一辈子。

倚 厨 而 立

母亲的味道

母亲从厨房里出来，风风火火地替我打开房门。随风冲入鼻腔的，是一股浓浓的中药味儿。随后，母亲又急急地反身进了厨房，用筷子小心地搅动着碗里的阿胶。那些，都是为我准备的。我的鼻子一酸，从小到大，母亲何曾停止过她在厨房的忙碌？

从记事起，母亲总是与厨房紧密地联系在一起。她常常穿着陈旧的粗布衣服，一日三餐不厌其烦地摆弄着锅碗瓢盆，将油烟味儿悉数纳入衣服、毛发的每一条缝隙里。走到哪里，她的身上都散发着招牌般的气味，仿佛永远都脱不掉家庭主妇的标签。于我而言，母亲的味道已是揳入心灵几十年的最温暖的味道了。

母亲刚刚嫁入父亲家时，尚没有自己的厨房。分家以后，只好在唯一的居室的窗外搭了一个简易的灶台。天空为房，屋檐作厨。灰尘与小动物的粪便时常前来光顾，夏天的烈日、冬天的冷雨都曾经羁绊住母亲的生活。但勤劳的母亲显然不会被这些艰难打倒，她挑来大桶的清水，将锅灶擦了又洗，照样把日子经营得活色生香。惹得邻里乡亲时常前来观摩母亲的手艺，并回去教导自家媳妇儿。

后来，母亲凭着她的坚韧，刚刚生完哥哥便举债张罗着建起了新房。此时的母亲，也终于拥有了一间完全属于自己的厨房。打小便学会了操持家务的母亲，十八般技艺终于有了广阔的施展之地。每天清晨，母亲必是第一个起床，拿了一把棕笤帚扫去灶台上的杂垢，然后开启锅灶。接着，她挑起两个大木桶，去往河边担水，将厨房里的大缸小瓮全都填满了才肯放下扁担。米饭煮至半熟，母亲便把一双儿女喊醒。她眼疾手快，盛一碗刚捞起来的米饭，左三圈右三圈，三五下就捏成了一个大饭团。饭团香喷喷的，由于捏挤得紧实，咬在嘴里很有韧劲儿，那是小时候我和哥哥每天清晨的第一道美味。偶尔，母亲还会奢侈地给饭团挖一个小窝窝，再放上一小勺白糖，这又增加了我们兄妹的期待。于是，无论多么寒冷的冬天，早起都不再是一件痛苦的事情了。村里的许多孩子都因为受不了上早自习的苦，小学时就辍学了。而我和哥哥却先后读完中师、大学，跳出农门，这跟母亲每日早早起来准备的饭团应该有着莫大的关系。

父亲喜欢吃本地的特色小吃，诸如红薯叶米粿、饭包肉圆、薯圆、艾米粿等，百吃不厌。母亲自外地嫁过来，原本对这些小吃的做法一窍不通。但母亲天生有着好学好胜的劲儿，每当别人家做这些小吃时，她经常自告奋勇去打下手。一来二去，就让她给全盘掌握了。于是，在红薯叶长势旺盛的季节，母亲的厨房里时常飘散着红薯叶米粿的清香味。逢年过节，母亲总不忘蒸好一屉一屉的饭包肉圆，父亲常常吃得赞不绝口。父亲是个放映员，经常走村串户地放电影，百家饭、百家味都尝过，却还是觉得家里的饭最合胃口。在家的时候，他常常坐在灶膛前帮母亲烧火，一边对比着村里哪个媳妇儿做的饭如何，张家的太咸了，李家的半生不熟，还是老婆做的好吃呀！此时的母亲抿嘴一笑，自是满心的得意，对于手上的功夫，又多了几分用心。母亲常说："男人在外挣钱做事，又在田里干重活，做女人的，至少要让他吃得舒服。"大半辈子过去了，父亲一直很恋家，几乎一天也离不开母亲，或许也是胃被牢牢拴住的缘故吧。

母亲的厨房里，做的永远都是家里人需要的食物。嫂子进门后，很快就怀孕了，于是厨房里又长期飘荡着煲汤的香味。母亲买来新鲜的猪肚，买来扑棱的还未生蛋的母鸡，一天一天变着花样儿地做给嫂子吃，直到嫂子诞下一个七斤多重的男婴。再后来，母亲又将安排一日三餐的重心转向了孙儿辈。红枣、莲子、排骨轮番上阵，将侄儿养得白白胖胖的。最难忘的，还是我患胃疼的那几年。母亲到处打听偏方儿，什么猪心煨食盐、猪肚炖胡椒、老母鸡炖仙人掌等，凡是相信有用无害的食物，让我吃了个遍。最终我的胃疼好了，但我却不知到底是吃哪种偏方好的。这中间母亲付出了多少的辛劳，早已无法计算了。

直到今天，已经成家的我，还赖在母亲的厨房里蹭饭吃。母亲总是依着我们的喜好备菜，可是当我扪心自问，母亲最喜欢吃的是什么时，却发现自己真的没有能力回答。母亲是天下最好的母亲，而我，却是天下最不懂事的女儿。我望着站在厨房里的母亲，她的背已经因为常年的劳碌而佝偻了。我用力地呼吸着母亲身上的气味，那一缕缕浓重的厨房味，饱浸的全是母亲的爱与付出哇！

接过母亲手中的筷子，搅动着碗里的中药。水汽氤氲，我的眼睛不由自主地湿润了。

开蛋碗

"外公，开蛋碗啰！"十岁的女儿，乖乖地把蒸蛋端到父亲的面前，等他拿汤勺挖了一小勺入口，自己才开始自在地吃起蒸蛋来。从小的培养和灌输，她早已对这一必要的程序谙熟在心。

我的老家在江西省瑞金市九堡镇堑下村，听说，由年纪最大的长辈开蛋碗，夹第一口好菜，是我们家自老祖宗传下来的家风。据父亲讲，他也不知道传了多少年多少代，只记得极小的时候爷爷就告诫他："小孩子不能开蛋碗，否则男的娶不上老婆，女的嫁不出去。"后来他长大懂事一些，明白这只是教育小孩子的一种说辞，简单易教，无须讲太多大道理。但敬老尊长的家风，其实早已在他心中深深扎根。

的确，在那个衣食不丰的年代，饥饿是生活的常态，人们对荤腥的渴求更是达到了极致。穷人家里，能吃上一碗蒸蛋，不啻一场盛宴。如若孩子不懂孝道，待长辈上桌，极有可能桌上已经丝毫不剩了。

村里的冬娇奶奶便是如此。她生了六个壮如牛犊的儿子，两个有模有样的女儿，自己却瘦弱得跟一株枯树一般。三餐炒菜，冬娇奶奶每炒一个，就被子女端上了桌，一端上桌，大家便饿狼一般一抢而光。等到冬娇奶奶出来吃饭时，连菜汤都不会给她剩一口，除非那个菜实在难吃，大家都不吃。冬娇奶奶实在太苦了，就想办法先装一小碗，藏在灶膛里。可是有一次，藏的菜被丈夫发现了，丈夫狠狠地揍了她一顿，子女们幸灾乐祸，没有一个替她说话的。后来，冬娇奶奶六十出头就病故了，真是一辈子都是可怜人。那时候我还小，印象中，她生病也没被送过医院，只是请个赤脚医生来打几针。如今和爸妈说起冬娇奶奶，仍觉得难受。

但在我们这个家族，从未出现过这种现象。因为一代又一代人，都严格地遵循着祖上的家训：长辈没有上桌，孩子不能抢先吃饭；长辈没有夹菜，孩子不能伸出筷子；长辈没有开蛋碗，孩子不能先行舀蛋……这是家风，是对长辈的敬重，更是中华民族尊老敬老的优秀传统。

我仍然记得小时候，家里穷，物资又匮乏，母鸡生的蛋都要拿去卖了换钱用。母亲只有在农忙时节才会蒸几个蛋，以犒劳辛苦劳作的大家。常常在清早割稻归来，我们兄妹早已筋疲力尽、饥肠辘辘了，恨不得马上来一顿饕餮大餐。此时掀开锅盖，望见热气腾腾的米饭上方，平放着一大盆色泽金黄的蒸蛋，上面还薄薄地铺着一层碧绿的韭菜叶。那诱人的香味，沁入五脏六腑，令人垂涎欲滴。但是我们都不敢轻举妄动，因为，还没开蛋碗呢。

终于等到母亲把蒸蛋端上桌，猴急的我第一个催促奶奶："奶奶，快来开蛋碗哪。"这是我从小就知道的规矩，奶奶没动手，我们就不能开吃。奶奶明白我们的心思，她总是笑模笑样地走过来，拿起勺子轻轻地舀一点儿，咂咂嘴巴，好像陶醉在世间最美的滋味中。我和哥哥这才像下山的饿虎，你一勺我一勺地将蛋拌进饭里，吃得肚儿圆圆。其实，奶奶和父母都是象征性地吃一些，更多地，还是让给我们兄妹吃了。直到最后剩下一丁点儿，按规矩也要给年纪最小的孩子拌蛋碗。当然了，我是最大的受益人，一直拌了十多年的蛋碗，直到外出念书。我想其实在我们的家风里，尊老和爱幼原是相辅相成的。

如今，我们全家早已告别了缺吃少穿的岁月，蒸蛋更是想吃就吃。但是长辈开蛋碗这种传统仍然一直沿袭下来，直到我的孩子这一辈。我相信，将来它还会继续传承下去，传给孩子的孩子，孩子的孙子……因为尊老敬老的家风，永不过时。

流年里的猪油香

记得很多年前，奶奶曾给我讲过一个故事：有个叫伴陀的人，家里很穷，长年吃不上油。有一次他发现村里的油槽没人看守，便悄悄地溜进去偷油吃，一口气喝了好多好多。结果第二天上茅房时，屙出来的全是油。

故事是真实的，如今想来仍让人感到心酸。物资匮乏的年代早已远去，我已经记不清是从什么时候开始，对于油腻的食物渐渐地不再喜爱了。只记得儿时的生活里，油于我而言曾经那么珍贵，令人心生渴念。

特别是那凝固成乳白色的、香滑酥软的猪油，给我留下了多少美好的回忆。

我出生于 1980 年，小时候，家里难得有荤腥上桌，油就更得省着吃了。有客人来，母亲炒菜时才会刻意地多放些油，这时候菜都贴着锅底，闪着亮晶晶的光泽。而平时，母亲只舍得放一丁点儿油，甚至干脆不放。一次被邻家一位嬷嬷偶然瞅见，不无感慨地说："唉，青菜都炒得嘭嘭飞哩。"母亲至今说起，还会泪眼模糊。

我们家一年一度最奢侈的盛宴莫过于年底杀猪了。养了一年的大肥猪，宰下来，连皮带肉加内脏，全都要拿去卖了换钱，唯有那厚厚的猪膏是不舍得卖的。母亲把几十斤的猪膏切成块，一股脑儿放进大铁锅里，烧旺了柴火熬成油。不多一会儿，厨房里就飘出醇厚浓郁的油香味了。我总是情不自禁地被那喷香的气味吸引，蹭进厨房里，即使只是闻一闻，也感到无比地陶醉，无比地心满意足。最后，猪膏熬成了一小块一小块色泽金黄、香香脆脆的猪膏渣，撒一点儿盐，趁热放一块在嘴里，那酥脆，那香味，仿佛要把人的心都融化掉，真是人间上佳的美味。

熬出来的猪油，母亲拿勺子舀进搪瓷缸里，一缸一缸地贮存起来。猪油在缸里凝结，变得雪白雪白，酥松绵软，一打开盖子，香味扑鼻而来。也许是打小就理解了生活的不易，即使馋到口水直流，我也从不偷吃半勺猪油。我坚决拥护母亲对生活的规划，自然，偶尔也能享受到一次猪油拌饭的奖赏。一勺猪油，再滴几滴酱油，拌在热饭里，白饭顿时变成棕色，闪着油亮的光芒，不由分说地勾引我的食欲，我狼吞虎咽地吃起来。吃完后一抹嘴巴，滑滑的，说不出的得意与满足。

念书前，父母外出工作，总是将我一个人留在家里，孤孤单单的。我有时候会哭闹，耍赖不肯吃饭。母亲生气了，给我一巴掌，然后气呼呼地去田里。等她走开，我一个人在家里抽泣，门从外面锁上了，我哪儿也去不了。不多时，会听见二奶奶一边开门锁，一边哄着我。进得门来，她就按母亲交代的，找出橱柜里的猪油，帮我做一碗猪油拌饭。我吃着香香的饭，慢慢便止住了抽泣。如今想来，那其实是母亲别样的疼爱和牵挂呀。

在缺医少药的农村，猪油还有一个妙用。烧伤烫伤时，搽上一点儿，据说可以防止感染，权当药使。我们家烧柴火灶，锅也特别大，灶膛里的火烧得很旺，被烫伤的次数不少，这时候，母亲就搬出猪油罐，轻轻地抹在患处。我已忘记了那油是否真的起作用，但身心被安抚的感觉却仿佛还在昨天。

如今，各种各样的食用油已经多到令人眼花缭乱，以至于有了浸出油、压榨油、转基因油、非转基因油等各种概念。我家的餐桌上，花生油、山茶油、橄榄油、葡萄籽油等各种食用油轮番上阵。虽然有些贵，但以我们的生活水平已经能够承受。

由于胆固醇和饱和脂肪含量相对较高，猪油早已不受人们待见。但是那流年里的猪油香，仍在我的记忆里久久萦绕，挥散不去。它属于那个饥馑的年代，不可避免地要在我成长的岁月里刻下永不磨灭的印痕。

天　使　的　吻

有女存钰

女儿出生时，也曾想过给她起一个诸如诗呀、书哇之类的比较文气的名字，但最终还是心中那份无比珍爱之情占了上风，存钰之名便由此诞生。

也许是名字太娇贵了，女儿的身体也是受不得半点儿风雨，无论怎么精心呵护，还是时常感冒，防不胜防。女儿周岁时，突然发起了高烧，打针吃药都无济于事，急得我寝食难安。医生让打吊针，看着那长长的针头插进女儿的头部，简直比扎在我的心上还要痛。谁知那粗心的护士偏偏一针扎到了动脉，一时慌忙止血，紧紧按压着女儿。望着女儿哭着喊着挣扎着，已经声嘶力竭了，我的眼泪再也忍不住夺眶而出。这苦这痛，加诸一个柔弱的小人儿身上，怎能不让做妈妈的痛彻心扉。爱女之痛，实在难以言喻。

幸好女儿总能战胜病魔，一天天平安长大。女儿一岁半时，已经能够奔跑躲闪自如，可是吃饭问题又成了我的心头一痛。往往是端着碗从屋子的这头追到屋子的那头，或许诺、或念诗、或唱歌，总之是好话说尽，招数用光，她却金口难开，不为所动。并且躲闪技术越练越好，跟踪追击越来越难。我都累得不想动了，她还躲在门帘后，半边脸忽隐忽现。我气得脸都绿了，她还以为是玩躲猫猫的游戏呢。终于失尽耐心，火山爆发，咆哮起来："吃不吃，再不吃妈妈生气了！"女儿看见妈妈可怕的表情，从门帘后若无其事地走出来，抱着我的大腿，抬起头，眨巴着大眼睛说："妈妈别哭，妈妈别哭！"我这哪是哭哇，可她就这样生生地把大火给浇灭了。有女如此，如之奈何？

该上班了，我吩咐女儿说："妈妈去上班，存钰在家做个小乖乖。"女儿连忙拿了她的小花帽跑过来叫我蹲下："妈妈戴帽帽，戴帽帽！"这小家伙，还学会关心妈妈了呀。上班的路上，心里一直暖暖的。有女之乐，倒也乐在其中。

有女存钰，累并快乐着。

天使的吻

清晨，于迷糊中听到身边窸窸窣窣的穿衣声。说好了一起睡懒觉的，女儿却悄悄地起床了。我忽然感觉到迎面扑来一股暖气，紧接着是她凑过来的柔软的嘴唇。叭的一声，她在我脸上印下了一天中的第一个吻。这就是我的女儿，在十年的陪伴里，她用稚嫩的双唇，给予我多少为人母的幸福和温暖。

我一直相信，女儿就是上天赐给我的天使。仍记得刚出生时，她闭着眼睛躺在我的身旁，小嘴巴刚刚挨近乳头，便紧紧地衔住，使劲儿吸吮着、啜饮着。瘙痒、微痛，还有被抚触的快感，一种从未有过的奇异感像电击一般瞬间传遍我的全身。那是女儿送给我的第一个吻，它绵软而有力，被一种生命的本能驱使着，告诉我：从此你的生命将与一个天使紧紧相连。

从小，生长在农村的我很少获得亲吻和拥抱，许是祖祖辈辈都羞于表达爱，许是劳累使他们无暇谈及爱。我是那么生硬而笨拙，在他人的热情面前时常不知所措。而女儿，也许唯有女儿，能成为我脱胎换骨的契机。因为她是我的女儿，我的天使，是我肚子里掉下来的一块肉，无论我怎样爱她宠她亲她吻她，都不觉得羞涩难堪。是的，在她的婴幼儿期，我从来都没有吝惜过我的爱抚。直到今天，我才猛然发觉，其实她回馈我的，早已远远超过了我所给予的。

那是一个无比阴暗的日子。因一件家庭琐事，我与先生发生了争执，谁也说服不了谁，而后是无休止的相互指责，最后冲突愈发激烈。五岁的女儿站在一旁，只是恐惧无助地哭泣。先生最终摔门而去，我一屁股跌坐在沙发里，头脑一片空白，只觉得全世界都弃我而去了。那个口口声声说爱我的人，那个曾经与我如胶似漆、不分你我的男人，他到哪儿去了呢？泪水止不住地奔涌下来，忽然为六年里失去自我不顾一切的付出感到不值。不知不觉中，女儿悄悄地走了过来，用柔嫩的手臂搂住了我的脖子，在我的脸上亲了一口又一口，然后坚定地对我说："妈妈，我爱你！"我的女儿，她什么时候止住了啼哭，反过来安慰妈妈了呢？我不禁搂紧了女儿，恍然明白，因为有她，所有的付出都值得。

每当我的生日到来，或是妇女节、母亲节来临，女儿总要提前为我制作一张卡片。卡片上写满稚嫩的爱语，还不忘画上一个红红的嘴唇，代表她的吻。更逗的是，她还会悄悄地提醒她的老爸为我准备礼物，至少也得买一朵玫瑰送给我。等到送礼物的那一刻，她与她的爸爸一边将礼物呈上，一边在我的脸颊上不约而同地送上一个吻。这个时候，我觉得自己真是世界上最幸福的人。

上小学后，女儿依然不忘每日爱的功课。她常常说："每天早上起来必须要做的三件事就是——刷牙牙、洗脸脸、抱妈咪。"女儿沿袭着幼儿期养成的习惯，把亲吻看作一个隆重的仪式，捧住我的脸，上下左右中（额头、下巴、左脸、右脸、鼻子）每个地方都不能少。每当她抱着我，亲吻我的时候，再多的阴霾都会从脑海中退去，取而代之的是阳光，是温暖，是贯穿于全身心每一个角落的熨帖。

夏天了，转眼女儿已经十岁。融融的暖意随着轻风拂遍全身，女儿欢快地唱着歌儿："爱我你就亲亲我，爱我你就抱抱我，爱我你就夸夸我。"面对这样一个爱的天使，我又有什么理由不给她最好的爱抚呢？

阳光下的小黄伞

阴霾了几日的天气，忽然放晴了，我从办公室里走出来，眯缝了眼睛，尽情地接受阳光的示好。午休后的热闹时光，在校园的音乐声中渐渐点燃。操场上，孩子们正和着舞曲，有节奏地跳着兔子舞，尽享难得的自由。

刚从校门那边走来的一个同事对我说："你看你的女儿，撑着一把伞，玩得多开心！""在哪呢？"偌大的操场，以我的近视眼，竟无法找到女儿熟悉的身影。顺着同事手指的方向，远远地，我看见了一把小黄伞——整个校园里唯一的一把伞，在靠近围墙的那边，打开如一朵耀眼的小黄花。伞下，是我的女儿，穿着有裙摆的衣服，仰着头，踮着脚尖儿，快活地旋转、旋转。围着她的，是几个与她一样的小不点儿，她们追逐着，嬉闹着，仿佛整个世界都在为她们而旋转。我感觉到有一个快乐的磁场，正在以那把小伞为轴心，向四处扩散开来。

我悄悄地走过去，女儿玩得正欢，丝毫没有发觉我的出现。也好，我怎么忍心破坏了她们的快乐呢？女儿的笑声灿烂而肆意，蹦跳着钻入我的耳中。她在笑什么呢？是因为拥有了一把小小的雨伞，还是因为拥有了那么多可心的好朋友？事实上，女儿的快乐从来都是那么简单，一句玩笑话、一个小玩意儿，甚至是一个新鲜的词语，都能让她咯咯地笑个不停，何况身边围了这么多可爱的小朋友呢？

很多孩子回家后，常常对家长说老师或小朋友对他不好的种种，而我的女儿，却总是念叨着别人的好，再严厉的老师，她都爱得无以复加。记得刚刚从幼儿园毕业时，她想念她的那些老师，那些好朋友，想了一个暑假，拿起大人的电话，打给老师，打给同学，还约谢环宇到可乐基那儿跳了一回舞。之后是持续不断的忧虑，哪个会到八一小学读书，不到解放小学读书，见不到面怎么办？还是我开导她："到了新的学校，你会拥有更多新朋友。"于是，女儿又对小学生活充满了期待。

刚上小学一年级时，女儿最关心的是遇上幼儿园的哪个老同学。那时候，她一定会走过去，兴奋地大声呼唤对方的名字，那情景，绝不亚于"他乡遇故知"。每次带她走在回家的路上，她总是津津乐道起她的那些老同学。讲到爱臭美的邓琪琴，女儿说："她怎么还是那么爱臭美呀？"还有宋晨曦，她老问我："你知道她经常和谁在一起吗？"我说我不知道，她会很生气："不就是宋正吗？早就告诉过你啦！"但更多时候，女儿课间还是守在她的座位上，守着她的书包，不敢出去玩儿，因为她的班上，大多是新面孔。

变化是从几天后开始的。她的同学渐渐地会跟着她跑到我的办公室来，扬起嫩嫩的笑脸与我聊天。有时，他们还会跑来问我要人："存钰呢？"有时放学后，他们会好心地把她的书包送过来说："存钰不知去哪儿了，书包还在这儿呢。"我知道，女儿已经有她的新朋友了。我以为她有了新朋友，会渐渐淡忘了幼儿园的那些小朋友。但是有一天晚上，存钰做完作业后，忽然临时起意要做贺卡。她做这些的时候，总是不希望我打扰她，于是我什么也没问。等她做好以后，才知道她是要送给幼儿园的朋友刘金的。上面画着一些花花草草，还有小女孩儿，她不再像以前那样总是缠着要我写赠言，而是自己动手写下了"送给刘金，祝你天天开心"这样的句子。学了拼音，她会用拼音代替那些不会写的字。第二天晚上，她缠着我和她一起到刘金家把贺卡送出去，她说她实在太想念刘金了。那样简陋的贺卡，要说送，以大人的眼光是无法送出手的，但我一向珍视女儿的那份挚诚，于是郑重地带她去送贺卡。我不知道，在以后的生活中，女儿还将遇到多少好朋友，但我相信，这些朋友给女儿带来了许多的快乐，这一定会成为她成长过程中无法抹去的记忆。

　　不知什么时候，女儿手中的那把小黄伞已经传到了另一个小女孩儿的手中，几个孩子围着小黄伞钻来钻去，玩着她们自己创造的游戏。一把小小的伞，聚拢了属于她们的友情，给了孩子多少简单的快乐呀！上课铃骤然响起，孩子们纷纷奔向自己的教室，小黄伞的小主人却慢了下来，她要合上她的伞。女儿奔跑的脚步也随之停了下来，她在等着她的小伙伴合上伞，一起走进教室。阳光倾泻下来，我看到一缕金黄色的光芒，在女儿的头顶上弥散开来。

伶俐的，笨拙的

"芳邻"茜茜

数次搬家，结识男女老少邻居无数，有善良质朴的，有热情似火的，有淡漠疏离的，最可爱的，非"芳邻"茜茜莫属了。

这不，下班回家，刚要掏出钥匙开楼梯口的大门，一抬头，就与大门上的一张招领启事撞了个满怀。我不由驻足细读起来："本人在楼道内拾到钥匙一串，请失主到六楼茜茜家认领。"

茜茜！又是这个可爱的小女孩儿。刚认识她时，她还是个幼儿园的小丫头，扎着两个高高的羊角辫，头发上缀满了花朵呀、小发卡呀之类的小饰品。这要搁大人身上，保准是俗艳得让人笑掉大牙。但茜茜不一样，她小，又漂亮——脸蛋圆圆的，眼睛大大的，眉毛弯弯的，嘴巴翘翘的，就是再多的色彩堆叠在她的身上似乎都不为过，当她奔跑起来的时候，你只会觉得蓦然间飞过来一只美丽的花蝴蝶。后来我才知道，她的妈妈开了一家盘发店，本人也是装饰得花枝招展。哦，原来是有"家学渊源"哪。

还没见过几面呢，茜茜便甜甜地叫上阿姨了，叫得滑溜顺畅，仿佛她刚出生时就认识我了。而且每次碰到必叫，每叫一声，小嘴巴必弓成一弯上弦月，还露出一口整齐的乳牙，让我不由自主地想起那个"伢牙乐"的广告来。更有意思的是，有时我的近视眼没看见她，或耳朵没听见她叫，她必得颠着跑将过来，非把我叫应了不可。我可是个慢热的人，平常不苟言笑，不主动与人打招呼，所以也不容易快速地与邻居打成一片。但茜茜是何许人也，她的热情足以融化整座冰山，爷爷奶奶叔叔阿姨，在她甜甜的小嘴巴下无坚不摧。因了她，整个单元乃至整栋大楼，迅速地吹响了集结号，几乎亲如一家。

凭着茜茜的热情，另外几家的女孩子也被严重"传染"。刚搬进这个小区时，那几个女孩子羞涩得很，自从她们和茜茜打得火热之后，居然也能开口大声地叫"阿姨"了。有好几次，我刚走到楼下，"不幸"被她们团团围住，比赛着叫起来，声音一个比一个响亮，像放了高音喇叭似的，震得我耳朵都快要聋了，但心里还是蛮欢喜的。

茜茜六岁时，妈妈给她添了个小弟弟。茜茜对弟弟那也是相当好。小弟弟从几个月开始便喜欢扔东西，扔完了之后又哭着要。此时茜茜又多了一项任务——帮弟弟捡东西，然后又吭哧吭哧地跑回来，举着捡回来的玩具逗弟弟开心。有时爷爷奶奶都看不下去了，作势要教训一下那个顽皮小子，但茜茜却说："他还小嘛！"如果家中有了什么好吃的，茜茜当然是极尽大姐的风范，只要弟弟想吃，她是从来不争的，还是那句话："他还小嘛！"

后来弟弟长大了一些，对茜茜尤为依赖。他常常闹着要下楼玩，还玩得不肯回家，但只要茜茜一哄，他便乖乖上楼了。那么个大胖小子，经常不愿走路，抱上六楼可不是件容易的事，他的奶奶常常累得气喘吁吁。也还是茜茜有办法，唱两首儿歌，扮个鬼脸儿，转移了弟弟的注意力，然后拉着弟弟的小手就噔噔噔地走上去了，把奶奶乐得笑开了花。

去年，茜茜上了小学一年级，脖子上开始挂上一串钥匙。我下班时，她也常常刚刚到家，刚刚打开楼梯的大门。只要一看到我来了，茜茜一定会让门洞开，然后用她那小小的身子挡在门内，阻止铁门弹回去，等着我锁好了车子，进了门，她才关上门跟我一道上楼。于是我摸摸她的小脑袋问："茜茜，今天上了什么课？"茜茜会眨巴一下她的大眼睛，一五一十地讲给我听，十分乖巧。

读了书的茜茜据说十分用功，每天下午在教室里做完作业才回家。看看她写的招领启事，每个字都写得端端正正，没有一年级孩子常见的错别字，甚至连启事的格式都准确无误，真是佩服她。

茜茜，我可爱的"芳邻"，教我如何不喜欢？

笨拙的声音

这里是居民楼东南角，我每天上下班的必经之处。

她端着一盘鲜艳欲滴的杨梅，叽里咕噜地叫着，一边打着手势，一边朝我伸过来，差一点儿就伸到了我的下巴颏儿。我本能地朝后退去，这个语焉不详的老妇人，吓到我了。她是从哪儿冒出来的，我根本不认识她，她为什么要对我如此热情？

再一细看，就在这位老妇人的身后，一个不足十平方米的柴火间里，竟安下了一个拥挤的小窝。从前总是关着的铁门，如今在上方破开了一个天窗，朝着大路开膛破肚地敞着。往门边稍一探头，里面的摆设一览无余。一张窄窄的双层床，上层堆满了红红绿绿的物什，下层整整齐齐地铺着被褥，并排放了两个矮矮的小枕头。

老妇人身边，一张矮凳上坐着一个身材瘦小的老头儿，沉默得像一尊泥菩萨。他正在抽烟，一朵一朵吐出的烟圈笼罩着他暗色的脸庞，看不见他的表情，也听不见他发出一丝声音。想必，这是一对新搬来居住的老夫妇。

我近视，进进出出一向目不斜视，即便是在小区里，也鲜少与人打招呼，住了十来年，熟识的人不到十个。而这位老妇人，直接就将自己往老邻居、老熟人的位置上摆好了。

及至我几次看见老头儿朝女人愤怒地比画着手势，女人则啊啊啊地一声声嚷，却怎么也嚷不出一个像样的字句，我才意识到，他们是一对哑巴夫妻。在此之前的许多年，我都以为哑巴是不会吵架的。他们活在沉默的世界里，喜怒哀乐便充满了隐忍的意味。这一回，他们用丰富的手语掺杂着表情吵架，给我上了一堂生动的现实课。

我不禁动了恻隐之心，他们来自哪里？他们育有子女吗？他们原来生活的房子呢？他们何以在这逼仄的空间里蜗居下来？

其实我知道，不止一个人像我一样怀有好奇。急于知道这户新邻居的底细，并就此确立与之相处的模式，这几乎是小县城居民本能的反应。然而，谁也不能从他们口中撬出来龙去脉、姓甚名谁。背地里说起他们，只好称之为"那个哑子"或"那个哑巴"。

在柴火间的东侧，哑巴夫妻用木板搭建了一个小小的浴室。浴室里，放一个便桶，这便是他们简易的卫生间了。奇的是，每次从那儿经过，我都没有闻到过异味儿。显然，这对老人正在小心翼翼地维护着自己的尊严，并尽量避免被邻居嫌弃。

哑巴夫妻炒菜的锅灶、吃饭的桌子，无不低小得像从小人国搬来的。女人炒菜切菜、收拾碗筷，都得弓着腰才行。有一次，不知从哪儿扑过来一只大公鸡，要抢哑巴夫妻的食物，他们赶紧将碗端得高高的，然而大公鸡还是不肯罢休，竟飞得老高，作势要啄哑女人的脸，哑女人被这凶猛的进攻弄得惊慌失措，啊啊乱叫着连连后退躲闪。我正好撞见了这一幕，心下有万分不忍。唉，真是个连公鸡都欺负的人哪。

我想当然地认为，他们是处在社会底层的弱者，他们一定有许多无法诉说的难处和哀伤。如果不是毫无办法，谁愿意晚年蜷缩在这样一个小火柴盒里度过呢？于是每次经过，我都以一种充满了同情的目光看待他们。女人与我打招呼的时候，我尽可能露出笑意。女人一再请我吃她的东西，但我从没有接受过。有时候在街上碰到，她会突然拍一下我的肩膀，把我吓一大跳，我也没有表达过不高兴。我的卧室南窗正对着楼下他们的活动区域，每天清晨，都能听见哑女人啊啦啊啦地向所有过路的人打招呼，惊扰我无数好梦，我同样没有表示过不满。我一向以为，对弱者的体恤和同情，是一个人最基本的善意。

情况是怎样悄悄发生变化的？我差不多是个后知后觉者。

有一天下班回家，看到一群人围着一个男哑巴。原来，他正拿着铁凿子帮人撬一把锁。不多时，锁开了，主人对哑巴千恩万谢，而他则挥了挥手中的铁凿子，一副小事一桩无所谓的样子，举手投足间竟颇有些英雄风范。我再细细回想，这哑巴，好像一直都穿戴齐整，衬衫用皮带扎进腰里，上面套一件毛背心儿，个头那么小，却总是挺着胸膛走路，像一个多么重要的人物似的。

哑巴在小区里发挥的作用似乎越来越大了。小孩子的自行车掉了链子，找他，链子分分钟重回链槽；女人卖煎饼的手推车推不动了，找他，轮子很快就滚得欢实了；节俭的主妇汤勺子的木柄脱落了，找他，也给安得严丝合缝……天知道他们那个小小的房间里究竟藏了多少宝贝：老虎钳、螺丝刀、手锯、锤子、钉子、电笔等，几乎无所不包，应有尽有。他成了一个无处不在的义务修理工，一件坏物什送到他面前，指指戳戳之间，他就明白了对方的来意，蹲下身来，仔细检查，思量对策，无论时间短长，他都费心费力地帮人修理好。来找他的人，很少有失望而归的。被帮助过的人，给他敬上一支烟，对他竖起一根大拇指，他抿着嘴不笑，但头昂得更高了，像一个得胜的将军，心满意足。

我们小区边有一块很大的空地，许多人争相在空地上开垦了菜畦。然而最近城管在空地四周围了一堵墙，人们进去浇菜极不方便，要绕一个大圈子从一扇小门侧身勉强挤进去。一些人又想到了哑巴，他们朝墙上比画着，做着爬楼梯的动作。哑巴明白了，他们是要钉一架梯子。哑巴夫妻有耐心，那么多的木头，都是从废墟里找来的。有好几天，哑巴蹲在地上，锤子咚咚响地敲击着那些零碎的木头。一级，两级，三级……这个业余的木匠，硬是把一架像模像样的梯子做成了。他将梯子搬到围墙外，自己首先踩上去试验牢靠程度。攀登到最顶端时，他回过头来，兴奋地向围在下边的人挥着手。菜农们昂起头来，不约而同地朝他竖起了大拇指。只见夕阳包裹着他那瘦小的身子，像极了一尊镀着金光的菩萨。

人们踩着那架梯子去种菜、浇菜、摘菜，也常常给哑巴夫妻带一把菜过来。人们好像也学会了手语，一有空，就到哑巴的蜗居门口择一张矮凳坐下来，比比画画地不知在议论些什么。

偶尔，能看见这对夫妻的蜗居前，停驻着一两个陌生人，想必是来拜访老人的。老头儿总是煞有介事地坐在凳子上，摆出一副能担大事的家长派头。女人则会为访客端出一两碟小点心，然后垂手坐在旁边，用一种与年龄不相符的天真眼神看着他们。不知道他们在交流些什么，哑巴偶尔做一个力道很大的动作，我是看不懂的。那种沉默的场面，反而比平常的谈笑风生更显庄严，仿佛老头儿那矮小的身体里，积蓄着巨大的能量。

来得最勤的是一个中年男人，他会使用手语，于是可以看见他们三人生动而隐秘地交谈。这个时候，哑巴夫妻的脸上往往就现出些红光，神采中有了激动的意味。有邻居推测，这个中年男人，应该就是哑巴夫妻的儿子。然而，我们从未见过男人携妻儿同来，也从未见过哑巴夫妻被男人接走。即使在中国人最看重亲人团圆的除夕和中秋，两位老人也是自己烧菜，吃完早早熄灯睡下。如果男人真是他们的儿子，难道至亲之间竟从不盼望团聚？或者，这个家庭存有更多的难言之隐？

听说，老人有一笔不多的养老金。从他们的衣着和饭食可以推知，他们正精打细算地使用着这笔钱，极力使自己活得体面一些。唯一使人担心的，是每一位老人都需要面对的衰老和病痛。

没有想到，这样的不幸，很快就降临在了老妇人头上。

那是一个秋日，我上班经过那个拐角，突然发现老妇人坐在一张轮椅上。她的小腿上缠着厚厚的白色绷带，脸上一改往日的盈盈笑意，蒙上了一层灰暗和悲苦之色。我狐疑地看着她，不知道发生了什么，想问问她，意识到她也许听不见，又不会说话，只好将疑问吞下肚去。老妇人显然捕捉到了我的目光，她"啊"了一声，指指自己的腿，又指指西北方向，大约是向我解释着事情的因由。我装作懂得了她的意思，用力地点点头，心里却涌起一股悲凉。

那天之后，有很长一段时间，老妇人几乎一整天坐在蜗居前，有时仰望着天，有时专注地凝视着门前那个花圃。男哑巴承担起了做饭洗衣、照顾妻子的责任。他做事很细心，在门口那个水龙头下，一丝不苟地择菜、洗菜。他炒菜的姿势，竟也娴熟，像个围着锅台转了几十年的妇人。最后，他将饭菜盛好，端给轮椅上的妻子，目光中充满了怜爱。两个人之间，虽一言不发，却好像有什么在空气里缓缓流动。后来，老妇人慢慢地站了起来，慢慢地可以走路了。哑巴搀扶着她，从东头走到西头，又从西头走回东头，直到她完全康复，重新操持起了家务。

有一天晚上，我出门散步，见到哑巴夫妻一前一后相跟着，走在霓虹灯四起的街边。忽然，前边蹿过来一辆电动摩托，老妇人似乎受了些惊吓，赶紧扯住男人的衣襟，双双停下来。那一刻，我不禁泪眼蒙眬。或许，爱的最高境界，不过是老来相濡以沫，互为对方的拐杖、眼睛和耳朵吧。

师 者 如 光

哦，高老头

高老头是我初中时的政治老师。刚踏进初中的大门，上的第一堂课便是政治课。我们安静地坐在教室里，翘首以待即将揭开神秘面纱的政治老师。铃声刚过，一个年近花甲、头发斑白、身材高大的老头儿像一堵墙似的立在了教室门口。"完了完了"，满是期待的大家一下子备受打击，当即像泄了气的皮球那样瘪了下去。那个年纪的孩子，都喜欢俊男靓女当自己的老师，看到老头儿老太太，心里先就有了几分排斥。高老头似乎没有察觉到这些，他端着讲义，稳稳地"降落"在讲台上，自我介绍开来："我姓高……"同学们扑哧一声笑起来，长得这么高，居然又姓高。一个胆大的嘟囔了一句："原来是高老头！"从那天起，大家当面都恭恭敬敬地叫他高老师，私底下却以高老头称之。

高老头喜欢给我们讲大道理，更喜欢的是让我们背政治题。有一次，他当堂抽检背诵情况，叫了好几个人都背不到，顿时火冒三丈。其时，坐在窗户边的我正在入神地看着窗外的一头牛。高老头见了，更是气不打一处来，他指着我的鼻子："你，站起来背一下。"他大概料定我不会背，本想拿我开刀，杀鸡儆猴。谁知我一站起来，呼啦啦连个磕巴都没打就背了出来。高老头转怒为喜，慷慨激昂地夸了我一通，要大家向我学习。也许就是从那时起，高老头认定我孺子可教，对我特别关心。

那时候我住校，每周日下午背着米袋和一罐腌菜返校，那就是我一周的口粮。我家里穷，不能像一些同学那样到食堂里花钱打菜，每天只能端着一搪瓷缸硬邦邦的炖米饭回寝室就着腌菜吃。高老头不是我们的班主任，但不知怎么了解到了我的情况。有一回，我背着米和菜返校时，被高老头叫住，他翻开我的布袋，看了看我带的菜——一罐没有任何佐料的芋头丝。他看着我，意味深长地说了句："吃得苦中苦，方为人上人。"其实他不知道，那天我带的菜，是上初中以来最好的菜，那天我心里还暗暗揣着高兴，自以为不那么丢人了呢。

这以后，高老头经常吩咐我放学后到他办公室里去，有时是整理作业，有时是帮着批改试卷。我心里惦记着该吃饭了，又不敢违逆老师的旨意，只好老老实实地做事。等我做得差不多了，高老头像变戏法似的端进来一大钵饭菜，全是我平时难得吃到的肉、蛋和豆腐之类的。"瞧瞧你这瘦瘦的样子，快吃，长身体的时候，要多吃才好。"我想推托，说我回寝室吃吧，高老头瞪圆了眼睛，不容我分辩："都打好了，给我吃掉！"我于是大口大口地吃起来，高老头便回归了慈爱的样子，眯缝着眼睛怜爱地看着我，就像看着自己家的小孙女儿。我从小没见过爷爷，也没见过外公，有时候，我感觉他就是我的爷爷或外公，但是我生性木讷，嘴巴子撬不开，竟连句感谢的话都没有说过。如今想来，心中万分痛悔。

初三那年，我鬼使神差地迷上了养蚕。我从村里的小伙伴那里要来了一些蚕卵，想看着它们孵化成小蚕，便精心地侍弄起来。在农村的中学，每年中考前气氛都是极度紧张的，老师们恨不能把所有知识一下子塞满我们的脑瓜子，为的就是学校里多考出几个"吃皇粮"的。我成绩尚可，被列为种子选手。可惜我心智幼稚，意识不到决定命运的时候就要来了，还像往常一样没有一点儿紧迫感。下了课，我就从抽屉里搬出我的蚕宝宝，忘我地摆弄着，有时上课也免不了要偷看几眼。最过分的是，有一回上早读，我为了跑回村里摘桑叶，居然逃了课。这还了得？班主任大为震怒，好在我死活不说逃课的理由，要不然他肯定要把我的蚕搜出来摔个稀巴烂。但是高老头知道我养了蚕，他看过我摆弄纸盒子，还开玩笑说要我卖给他，一元一条。当时我红着脸一言不发，生怕他没收了去，幸亏他很快就走开了。随之而来的月考，我的成绩可想而知，班主任、语文老师、数学老师、英语老师……大凡中考必考科目的老师都轮番来教训我，给我讲考出去对人生有多么重要。

这时，正好有一个同学央求我把蚕卖给他。他说他妹妹想养蚕想疯了，到处都找不到，要我行行好，还给开了高价。起先我不肯，求了三次，我终于答应了，千叮咛万嘱咐要他转告妹妹好好养着。他得了蚕，兴高采烈地抱走了。那以后，我隔三岔五就问他蚕现在怎么样了，他总是回答说养得好好的，一条都没有死，我便放心了。没有了蚕，再加上老师的严格要求，我开始全身心地投入紧张的复习中。我学习底子好，成绩又一次次节节攀升。高老头每次给我发试卷的时候，都笑眯眯的，眼睛里满是期待的神色。

那年暑假，我以优异的成绩被师范录取，算是离"吃皇粮"仅一步之遥了。我是全村第一个考出去的孩子，父亲非常高兴，专门请来厨师在家里办了几桌谢师宴。那天中午，夏季的烈日也收敛了炽热，变得无比温柔，我家门前的几棵冬青摇曳着，送来凉爽的轻风。高老头也来了，他喝得满面通红。临别时，高老头把我叫到他身边，摊开手掌，亮出十多个银光闪闪的蚕茧。蚕、买蚕的同学、茧……我一下子全都明白了。

哦，高老头！我真想扑到他怀里大哭一场，可是却没有勇气。那十几个蚕茧，在夏日里泛着锃亮的光芒，直到今天仍没有消散。

天荣老师

直到今天，我仍不敢在公众场合开口说英语。我那蹩脚的英文发音屡屡被女儿戏谑、纠正，内心充满了自卑。

有什么办法呢？教英语的天荣老师，在我的学习生涯里留下了一个无法弥补的口语漏洞。

我只在初中三年学习过英语，天荣老师就陪伴了我们三年。

他是个半路出家的老师，从未接受过正规的英语教育，这是我偶尔偷窥其他班级年轻老师的英语课时发现的。年轻老师对于许多单词的发音，和我记忆中的不一样。我与那个班的同学发生了争执，争得面红耳赤，各自誓死捍卫老师的正确和伟大。一气之下，那位同学说出了真相（他们是街坊邻居，彼此知根知底）。

天哪，天荣老师怎么成了英语教师？校长还把一个有希望在中考时为校争光的班级交给他带，我实在是捉摸不透。

开学那天，他走进教室，宣布自己担任我们的班主任和英语老师时，我是充满期待的。初秋的南方，天气仍有些热，他一个箭步迈上了讲台，矫健的步子里携带着力量，仿佛随时可以带着我们向前奔跑。那会儿是上午，一缕阳光正从东边的窗户斜射进教室，一切都是热烈而充满希望的样子。他的发丝清爽、蓬松，一根根听话地倒向后边，白衬衫下是紧绷结实的胸肌。他的声音浑厚，说话时喉结上下移动，像是里面藏着一只欢脱的小兔子。精力旺盛、掌控力强，这是我对他的第一印象。

我是一个听话的学生，从小都是。于是天荣老师灌输的知识和规范，我毫厘不差地执行到位。他很快就发现我是一个学习的好苗子，便选了我当学习委员，又时不时在课堂上提问我，并且毫不掩饰对我的偏爱，人前人后表扬我，要其他同学以我为榜样。

关于英语，上初中前我头脑中完全是一片空白。他一个字母一个字母地教我们发音，一个单词一个单词地要我们背诵、默写，我全都牢牢地记在脑子里。偶尔他会提来一个录音机，放一小段英语磁带。我隐约感觉磁带里的读音似乎不像他教的那样，但依然相信他肯定是对的。况且，我已经习惯了他的声音。这声音无比亲切，无比自信，足以打破所有质疑。

很快，全县英语能力选拔赛就来了。天荣老师对我寄予了厚望，认为我一定能被选上，代表学校去县里参赛。然而我稀里糊涂地落选了，被选上的，是他并不看好的另外两名女同学。事情的结果也正如他所料，她们去县城参赛后，毫无斩获。

天荣老师有满腹的不甘。记得落选那天他走进教室，瞥了我一眼，目光锋利得像在剜人，就差狠狠地训我一顿了。他终于逮着机会教训我，是在傍晚的休息时间。彼时，我与几个女同学围在一张水泥乒乓球桌前，一边你推我挡，一边嬉闹个不停。他走过来，似乎不能接受落选的我竟然如此开心，如此没心没肺，便疾言厉色地对我说："你就知道玩儿，还天天打乒乓球。"接着，他顺势弹了我一个脑瓜崩。那脑瓜崩力道很轻，却是我上学以来第一次遭受到的打击。我登时蒙了，感觉在大庭广众之下，自尊心受到了深深的伤害。

一连几天，我都不敢或故意不正眼看他。我坐在第一排，他上课时习惯捕捉我的目光，期待我举手回答问题，那些天却只能看见一颗低垂的头。如今想来，那个脑瓜崩应该是带着父亲般的慈爱与恨铁不成钢的双重意味。而我的表现，既有发自内心的害怕，也有些微微赌气的成分。那些天，他变得更加严厉，甚至情绪阴晴不定，弄得好多同学都小心翼翼地，不知所措。其实，我也不知该如何是好，难道就这样颓废下去吗？一个农村孩子，那会儿唯一的出路就是读书，与老师怄气，无疑是自毁前途。

我没有想到，天荣老师会为了我安排了一场特殊的班会。那天，他神情庄重，领着全班同学来到校园后面的铜钵山脚下。野外班会的形式，对于我们来说很新鲜。大家在一片草坪上席地而坐，有些好奇地望着他。他先是分析了学校近几年的升学形势，怎样的成绩才有机会跳出农门，然后讲了几个优秀学子的故事，告诉我们，只有在中考中胜出，才有可能改写命运。

说着说着，他愈加动情，眼睛里竟噙满了泪。他说："每个人的命运都握在自己手里，只能靠自己去努力争取。我知道自己不是一个科班出身的英语老师，但是几经奋斗，我和科班出身的他们站在了同一个平台上，这也是一种成功。"他是如此掏心掏肺，直接证实了隔壁班同学的说法并非虚构。

我承认，那一刻，我被深深地打动了，也有点儿明白校长如此安排老师的用意了。

从那天起，我重新开始主动迎上他期待的目光，投入目标明确的学习之中。初中三年里，无论是英语还是其他任何科目，我都不敢懈怠。尽管我的英语发音依然不是那么标准，但是我的考试成绩越来越稳定，也越来越接近希望的曙光。

1994 年，我如愿以偿，完成了命运的纵身一跃。我知道的是，那一年在那所乡镇中学里，和我一样的幸运儿，只有两位。

另外两位，也是天荣老师的学生。

远去的背影

海红

二十多年了，一直不能抹去海红刻在我脑海中的印记：长长的麻花辫、淡淡的目光、黑黑瘦瘦的小脸，还有因少笑而时常紧抿的嘴唇。她是那么沉默寡言，十一二岁的年纪，似已参透人生的老者；她是那么忍辱负重，不管遭受多大的痛苦，她都紧抿着嘴唇默默地承受。

海红是我儿时的伙伴，我们曾一起打鱼草、拔猪草，一起上山砍柴火，也曾一起上学，一起携手走过晚自习后又黑又长的小路。然而我们的生活却又有着那么多的不一样。我虽然也干很多农活，但父母却一直对我宠爱有加，所以我的童年是快乐的。但海红的童年却充满苦难。她的母亲在接连生下五个女孩儿后又生下了她，苦盼男丁的父亲一气之下提了一个畚箕把她抛到了黄土坡上的松树林里，是年迈的奶奶苦苦哀求着把她抱回了家。虽然母亲在四年后终于生下了一个男孩儿，但父母对她的嫌恶却是根深蒂固的，谁让她是个想扔又没扔掉的女孩儿呢？也许是知道自己命贱吧，小时候的海红是那么乖巧，那么懂事。她总是小心翼翼地听大人的话，做家务、带弟弟，从不跟大人顶半句嘴，也从不敢闯什么祸，就算父亲心情不好将她大打一顿，她也不敢大声哭泣。

117

　　记得一个星期六的傍晚，我和海红约好了到田埂上拔鱼草，可是我左等右等都不见她的身影。直到我拔了一大堆草了，她才提着篮子匆匆赶来，一来就蹲在草丛里迅速地拔起草来。我见她默不作声，仔细一看，原来她的脸上挂着泪珠。我忙问是怎么回事，她这才抽噎着告诉我事情的原委：原来她的弟弟去小溪里玩水，不小心丢了一只塑料凉鞋，父亲立马怪罪到她头上，抽出皮带暴风骤雨般地打在她的身上。我这才注意到她手臂上的伤痕，再撩起她的衣服一看，天哪，肩上、背上、腿上，到处都是鲜红的皮带印儿。我实在不敢相信，父亲怎么会这样对待自己的女儿呢？海红说："这算不了什么，我叔（即海红的父亲）经常摸到什么就用什么打我。"可怜的海红，已经习惯了父亲的非打即骂，无论父亲怎样待她，她都只会默默地隐忍。尽管我是那么愤愤不平，可我又是那么无能为力。我只能尽量多地和她在一起，希望她能快乐一些。

　　唯一一次见海红真正地快乐是在一次下晚自习回家的路上。我们一起大声地背诵着《别了，我爱的中国》，背着背着，心情愉悦的我又唱起歌曲《摘草莓》来。忽然，海红和着我的歌声唱了起来，起初是小声地跟着，后来越唱越大声，以至于让我惊讶地停止了歌唱。"哟喂，哟喂，哟喂……"这一句最高音的部分是海红一个人大声地唱出来的。她的歌声穿越浓浓的黑暗，打破了黑夜的静寂。我第一次发现，海红的歌声竟然这么清脆，这么动听。也许是我的快乐感染了她，也许是黑夜给了她释放的勇气吧。

　　小学毕业后，海红就再也没有走进校园的大门。我因为上了初中要住校，所以很自然地与她疏远了。我知道海红其实是很渴望和我一同上初中的，但一向逆来顺受的她又怎么会违逆父亲的意志呢？于是，辍学的海红很快承担了大部分的家务。她每天清晨和傍晚都要到田野、山岗上去放牛，成了一个不折不扣的放牛妹。

可是谁也没有想到，海红会和她的牛一起，很快地走到了生命的尽头。

那是一个夏日的傍晚，海红到一个离家较远的山坡上放牛。忽然天气突变，电闪雷鸣，海红赶紧牵着牛往家跑。不料一个响雷劈下来，雷电击中了她牵的那头牛，也击中了紧挨在牛前面的海红。海红不能丢下她的牛哇，直到生命的最后一刻，她的手依然紧紧地攥着那根牛绳。她的父亲草草地挖了个土坑，连口简陋的小棺材都没有，就将她埋在了那个山坡上。她的母亲哭诉着送她最后一程的时候，语气里甚至还带着一丝抱怨："你这个短命妮子呀，你走就走了，怎么还要带走那头牛哇？……"十三岁的海红，我的好伙伴，就这样一声不响地走了。她的青春还没来得及绽放，就像一朵从不引人注目的小花，轻轻地就被风雨摧残了。

时隔多年，象征着埋葬了海红的那个小土包早已化为平地，土包上没立过墓碑，海红连一个名字也没有留下。我常常想：如果当年的海红和我们一样坐在学校的教室里，也许今天的她已经为人妻为人母了。可惜，如果只是如果而已。

学姐若春

我愿意用世间最美好的词汇来形容一位学姐。若春，白皙沉静的面容，修长健美的肢体，短而精神的头发。最重要的是，她曾经用充满母性的勇敢和善意，帮助并保护过比她弱小的学妹。

可惜，当年的我未曾对她说出内心的赞美。如今，她早已杳无音讯。

走进那所中学时，我还是个十一岁的孩子。离家远，住校，自己打水、洗衣、做饭……迎面而来的新生活，给我造成了太多的困难。所有的住校生，须在一口深井中取水。拿一根绳子绑在塑料桶上，吊到井里，使劲儿甩动绳子，待桶里盛满了水再拉上来。这件事，需要技巧，还需要力气。而这些我都没有，只能学着别人的样子笨拙地尝试。

第一次打水，我就遇到了大麻烦。我的桶有些大，手中那根软绳子怎么也无法使它翻转再盛上水。于是我焦急地甩呀甩呀，直到桶身脱离了连着绳子的铁质桶耳，兀自留在井面上漂哇漂。我失声惊叫起来，不出意外的话，再漂几分钟，它就该沉到井底了。

怎么办？失去一只桶，我该如何与父亲说？我们家那样穷，买一只桶的钱抵得上好几周的零花钱了。没有桶，我要拿什么洗漱，如何度过这糟糕的住校生活？眼泪不听话地溢满了眼眶，又止不住地流了下来。举目四望，身边净是陌生的人。我没有勇气求助，也不知道有谁能够帮助我，只能傻傻地停留在原地，眼睁睁地看着那只桶在井中打转转。

这时，从我身后走过来一位身材高挑的学姐，打量了一下井里的情形，一声不吭就脱了鞋。我见她小心翼翼地扳着井壁的口子下了井，一时惊呆了。井水那么深，井壁难免长青苔，万一她滑下去，后果将不堪设想。周围的学长学姐却仿佛对这一场景司空见惯，没有人多说什么，该刷牙的刷牙，该洗脸的洗脸。我紧张地看着那位学姐下到井里，捞起了我的桶，又慢慢攀援着爬上来。她手脚颀长，攀援的动作那么舒展，那么熟练，仿佛已打捞过无数只桶。

直到她越过井沿，完好无损地站在水泥坪上，我悬着的心才放了下来。她将桶递给我，依旧没有说什么，甩了甩手上的水珠儿，穿上鞋子就走了。我低着头，望见那双塞进凉鞋的白净的脚，像两只又甜又嫩的茭白。

而我口讷，竟忘了说声谢谢，留下了永远的遗憾。

再后来，我常在教学楼与寝室之间遇到她，却不敢上前与她打招呼。在我心目中，她俨然是一位拯救人类的女神。庆幸的是，我知道了她是高二的学生，并获知了她的名字——若春。多好的名字呀，一个拥有春天般的明亮和温暖的人，实在是名副其实。

初二时，一部分初中女生被安排到了大寝室里，与高中女生混住。那个寝室里就有若春，可惜我无缘与她同居一室。

没过多久，那个寝室发生了一件轰动全校的大事。一个初中男生，趁着夜深人静，偷偷潜进了女生寝室。寝室里没有灯，但有月光照进去。被惊醒的女孩儿们看见一个鬼鬼祟祟的人影，先是发出凄厉的尖叫，然后吓得大气不敢出，纷纷用被子蒙住了头。是若春一个人跳将起来，擒住了那个男生，亲手将他交给了校保安队。是若春，也只能是若春，有这般果敢。

听说这件事的时候，我在脑海中一遍遍想象当时的画面：她大步跨过去，目标明确，敏捷有力。她反剪了潜入者的双手，就像提着一只鸡崽儿。月光照在她白净的面庞上，多么皎洁，多么动人。

转眼三十年过去了，不知道她在这世间，又温暖呵护了多少人呢。

老王不丑

看见他的人，都说他长得太丑了。不是吗，作为一个男人，身高才一米四多一点儿，干瘦干瘦的，加上邋遢的穿着，显得那样猥琐。他的脸与眼睛深深地往里凹陷着，以至于看不出他脸部的轮廓。唯有那纵横交错的皱纹，密布于他瘦削的脸上，最为引人注目。就是这个五十岁的丑男人，居然成了这所省级文明示范学校——阳光小学的守门人。

来到这所小学之前，他曾经是师范学校里的伙夫。所谓伙夫，当然不是那种炒菜做饭的大厨师，而是在学校的食堂里打杂的人。他二十岁就开始做这份工作，一干就是三十年。眼看着快要退休了，却遇上师范改制，好端端的一所师范学校被撤了。根据上级的安排，他来到阳光小学担任门卫。那个曾经在他手上打过饭的师范生，如今已是这所小学的校长了。

对于他的到来，校长是有些抵触情绪的。作为一所省级名校，安排一个这样丑的男人做门卫，不是影响学校的形象吗？更何况，因为他的到来，校长的岳父丢了一份清闲的工作。所以从一开始，他就是一个不受欢迎的人。

没有人知道他的名字，只知道他姓王，便都叫他老王。老王除了守门，每天还有一个重要的活，那就是冲厕所。每个星期，学校都会安排一个班的学生协助老王冲厕所。不幸的是，那些被安排过来的学生也不听从老王的指挥，老是站在厕所门口跟他磨洋工。老王时常气得胡子发抖，又拿学生没办法，只好自己一个人多做一些事。因此他的下班时间，往往是万家灯火的时候。

老王一向沉默寡言，所以他自然不知道，他也能为大家带来开心。学校的女教师们闲着没事时，常拿老王作谈资。在一阵放肆的笑声中，大家嬉笑打闹成一团，于是老王这个名字渐渐升级加入到各种玩笑当中，老王成为大家的一枚开心果。

当然，这些老王是一概不知的。他所知道的，是每天守好他的门，冲好他的厕所。可是麻烦事却一件接一件地找到他的头上来。一个课间，有一位推销牙刷的女人为了进入校园，谎称是学生家长，老师叫她来的，连班级姓名都说得有鼻子有眼。一番登记之后，老王便放她进去了。结果这位推销员到各个办公室里大肆推销牙刷，最后被学校领导发现。老王被扣了半个月的薪水，一连几天面容憔悴，据说回家被老婆骂得很惨。

为此，学校还专门开了一次会。校长说了，校园安全工作要抓紧，门卫必须随时随地守在值班室里，大门随时上锁，闲杂人等不准入内。谁知有一次老王内急，等他经过学校操场那个长长的跑道从厕所回来时，学校一位外出办完事要进校门的中层干部已经在校门口等了许久，他好生把老王训斥了一通。老王也不敢分辩，只好嗫嚅着低头认错。

这样的窝囊事，老王遇到过不知多少次。特别是有一次单位集体聚餐，出纳负责给男老师发烟，老王也在桌上，领了一包。这时总务走了过来，一把从他手里夺过那包烟，训斥道："你不会抽烟，领来做什么？"老王没说什么，天知道他会不会抽烟呢。

最近，整座城市中小学、幼儿园的气氛忽然紧张起来。因为有一个外县人，女儿在本市因遭遇火灾而亡，他对赔偿不满，扬言要在本市杀死二十个小孩儿以泄愤。阳光小学作为省级示范学校，学生众多，很有可能成为歹徒攻击的目标。于是，老王肩上的担子更重了。每天的上学时间，他都小心翼翼地把门锁好，来人了就不厌其烦地开一下铁门。唯一无法控制的是放学的时候，学生们排着队鱼贯而出，这时是没法锁门的。

这是一个再寻常不过的日子，阳光一如既往地照耀着阳光小学的校园。中午放学后，孩子们有说有笑地走出校门。忽然，一个歹徒手拿一把雪亮的砍刀像魔鬼一般出现了。他一把拽住了一个一年级的小女孩儿，把刀架在女孩儿的脖子上，歇斯底里地喊道："我要杀了你们！"人群顿时大乱，孩子们尖叫着四散奔逃。那个被歹徒拽住的女孩儿，惊恐得已经喊不出声了。打扮得花枝招展的值班女教师，穿着高跟鞋拼命地往校园里跑去喊人。

歹徒用刀指着大家，吼道："都给我站住！"几个来不及跑开的孩子呆若木鸡地定在那儿，就像一只只待宰的羔羊。就在这千钧一发的时刻，老王以迅雷不及掩耳之势冲上前去，拦腰抱住了歹徒。歹徒放下手中的小女孩儿，回过头来，挥刀向老王砍来。几个跑过来的男教师趁着这个空当儿，一齐扑上去，终于制服了歹徒。

可是老王呢？他矮小的个子让他的脖子正好对准了歹徒砍来的刀

锋，导致他血流如注，虚弱地闭上了眼睛。

虽竭力抢救，但是老王的眼睛终究没能再睁开。追悼会上，校长、老师和学生们泣不成声，总务在老王的遗像前，毕恭毕敬地放上了一条最好的烟。后来，大家都说："老王一点儿也不丑，老王是我们学校永远的守门人。"

如期开放的野菊花

如今，从教的岁月早已成明日黄花，不能忘记的，是小菊，以及一束灿烂开放的野菊花。

那是一个再平常不过的日子，开完教研会回到办公室兼卧房里，发现原先开着的门竟被扣上了。打开门，书桌上一束金黄的野菊花赫然入目。我惊异而后欣喜，欢快地跑过去，使劲儿嗅着那浓郁的带着田野气息的花香。"真美！"我情不自禁。但这会是谁悄悄放在我桌上的呢？

忽然，花丛中掉落了一张素净的卡片，我拾起来一看，上面写着几行娟秀的小字："老师，谢谢您对我的帮助，我会努力学习的，再也不让您失望了！"末尾没有署名，但我知道，这一定是小菊写的。因为如果不是我的一再坚持，也许小菊就再也不会出现在学校里了。

来到这所建在黄土坡上的乡村完小，第一个认识的孩子就是小菊。当时我刚刚撂下行李，正满头大汗地打扫着自己的房间，一个高高瘦瘦、眉清目秀的女孩儿走了过来说："老师，我帮你一起打扫吧。"我有些诧异，正求之不得，便很高兴地同意了。她干起活来手脚麻利，完全超乎我的想象。一边打扫，我也一边了解了她的一些情况。她说她是在秋天里生的，妈妈说山坡上的野菊花烂贱好活，便给她取名小菊。小菊家兄弟姐妹多，爸妈靠种田供他们读书，非常辛苦。放学后，他们就会赶回去帮家里干活。这样勤劳，这样懂事的孩子，是我平素很少见到的，于是我打心眼儿里对小菊暗自称许。

在这里，我被安排担任五年级一个班的班主任，并教语文课。巧的是，分班抓阄儿时，我发现自己抓到的那张纸上有小菊的名字。当时我还有些高兴，但是旁边的一个老教师却提醒我说："小菊分在你班上了呀，那就有你教的了！"那样一个乖巧的女孩子，会怎么样呢，我十分愕然。老教师解释说，小菊的成绩是全年级倒数第一，谁都怕分到自己班上。

凭着我对小菊的好印象，起初我有些不以为然。但真正上了一段时间的课，我才发现老教师所言非虚。干活麻利的小菊，在课堂上却总是一副局促不安的样子，无论如何也跟不上进度。她常常低下头去，生怕被我叫起来回答问题。我问她听懂了吗，她似懂非懂地点点头。做练习时，她显得极其艰难，经常是我已经讲得口干舌燥了，她的眼睛里仍写满茫然。更可怕的是，也许因为一直以来成绩不好，她常常遭到同学们的嘲笑，这让她更加抬不起头来。只有在做值日和大扫除的时候，大家似乎才会发现她存在的价值。

这样下去，肯定不是办法。我想我首先要做的，是帮她树立信心。于是我专门召开了一次主题班会，引导同学们认识彼此的优点和缺点，并要求大家互相取长补短，以诚相待。而且，我不止一次地在大家面前宣布，我特别欣赏小菊爱劳动的优点。我还在小菊的座位周围安排了几个成绩比较优异的同学，请他们利用课间等时段帮助小菊。乡村的孩子真的十分纯朴，果然，此后没有人再嘲笑小菊了，取而代之的是真诚地互相帮助。我也充分利用一切机会，为小菊查漏补缺。虽然她要补的东西实在太多了，但我相信，只要一起努力，她会进步的。

正当事情一步一步地朝着我预期的方向发展的时候，小菊忽然不来读书了。我十分震惊，小菊才十二岁，怎么能这么早就辍学呢？我让学生把我领到小菊家，终于弄清楚了事情的缘由。原来小菊的妈妈在一次砍柴时不小心摔断了一只手，一时半会儿不能操持家务了，懂事的小菊干脆选择了辍学在家，帮助妈妈干活。我是既生气又心疼，生气的是小菊居然不和大家打一声招呼，说不来就不来了，心疼的是小菊小小年纪竟那样替别人着想。我把小菊拉到身边来，大道理小道理地劝，谁知她好像是吃了秤砣铁了心，怎么也不肯回学校去。此后我又去了几次，逼急了，小菊竟然对我说："老师，你别再来了，我早就受不了你们把我当成重点帮扶对象，天天围着我教这教那。我就是读不进去，我喜欢在家干活。"

同事们知道了这事儿，都说我傻，成绩那么差的一个学生，走了高兴都来不及呢，还去劝，再过几年人家就嫁人了。可是，教室里少了小菊，我的心里总好像完整的天空塌了一个角似的，空落落的，我实在是不愿意看到一个十二岁的孩子就这样远离校园生活。

没有想到事情会在一个星期后发生转机。那天下午课外活动，我带着孩子们到河边长满草的沙洲上做游戏，顺便引导他们构思写景的作文。孩子们在草地上快活地嬉闹着，有的翻着跟斗，有的玩起了捉迷藏。忽然，一个孩子大声说："看，小菊在那儿！"我顺着他手指的方向一看，果然，小菊牵着一头牛，正在不远处痴痴地望着我们，看得出来，她的眼睛里仍有着对集体生活的留恋与渴望。机会来了，我想。

我组织学生玩起了刚开学时带大家玩过的"串名字"的游戏，每个站起来的学生都要说出另一个学生的名字。当轮到曾经坐在小菊前面的学生时，他站起来大声喊道："坐我后面的是小菊！"我料想小菊一定听到了，另外几个学生心领神会，早就跑过去把小菊拉了过来，不容分说地说："轮到你了！"小菊只好忸忸怩怩地说了一个名字。就这样，大家围着小菊继续玩游戏。看着她那腼腆而兴奋的样子，我的心里暗自高兴。临别时，我对同学们说："我提议，我们叫小菊回来上学，好不好？"同学们异口同声地说好，都用期待的目光望着小菊，小菊终于郑重地点了点头。

山坡上的野菊花一簇簇地迎风开放时，小菊回到了校园。那天下午，她捧着一束野菊花，悄悄地放在我办公室里，也悄悄地向我许下了最真挚的诺言。

也许是妈妈的伤慢慢变好让她开始放心家事，也许是一个多星期的居家生活让她重新认识到了读书生涯的可贵，也许是老师和同学的关爱真正地触动了她，此后的许多日子里，她凭着野菊花一般的坚忍，攻克了常人难以想象的种种困难，学习一点儿一点儿地赶了上来。更值得欣喜的是，我渐渐发现平时寡言的她朗读起课文来竟口齿清晰，有着一般学生所没有的韵味。我开始着意培养她这方面的能力，尽量让她起来朗读或发言。到六年级的时候，她的普通话水平有了很大的提高。当时镇里要举办一次学生演讲比赛，我力排众议选了小菊去参加。经过精心的指导，小菊一举夺冠，被选送参加全市的演讲比赛。要知道，在这所乡村完小里，这是第一次有学生参加全市的比赛呀，而且小菊最终捧着二等奖的奖状凯旋，怎不令大家对她刮目相看？

野菊花，能在陡峭的山坡上开放，任凭风吹雨打依然艳丽芳香。小菊，一个曾经背了四年倒数第一的包袱、曾经想过要放弃读书的孩子，终于绽放了属于她的美丽。这朵野菊花，是我在这所村小两年的时光里，收获的最美丽的花。

许多年过去了，每当我看到漫山遍野的野菊花，仍然会想起小菊来。其实，每一个孩子都像是这山坡上的野菊花，只要有一点点的土壤、阳光、空气和水分，它们都会热烈地开放。而一个教师要做的是——不让任何一朵花儿，错过了花期！

那些穿过心田的温暖

四场雪

我生长于南方，年年盼雪而不得，所经历过的像模像样的雪不到十场。奇怪的是，每当冬季的寒风掠过天空，我首先想起的，却是雪。那些沉睡于心湖的关于雪的往事，总是如春天里破土而出的麦苗，倏忽醒来。

记忆中的第一场雪，发生在五六岁的时候吧。一早睁开眼，被呼啦啦一大片的白给震住了，从此获得启蒙，知晓世界上还有一种叫作雪的物质，它晶莹、洁白，有着铺天盖地的气势。平日里都要外出劳作的母亲，终于可以陪我待在家中了。她提了桶，就在家门前的禾坪上，将又白又厚的雪一勺一勺铲进桶里。几个来回，就把家里的大水缸装得满满的。然后，母亲搬了两个小凳子，与我并排坐在水缸前，一手搂着我，一手拿勺子堆雪人。我惊奇地看着那缸雪渐渐变出一个大肚子和一个小脑袋。母亲切了一截胡萝卜，雪人便有了一个红鼻子，她又找来两粒黑豆，雪人便有了眼珠子，滴溜溜地望着我。儿时的我，没有童书，亦不知道电视为何物，那个胖乎乎的雪人，是我童年记忆里唯一的童话。后来，我在小学课本里读到《瑞雪》，其中的一幅插图，竟与母亲堆出的雪人那么相似，一种梦幻般的幸福感瞬间袭遍全身。

念小学时，有一年与哥哥一道去外婆家过寒假。外婆与三舅住，我们便也住在三舅家。那年冬天，一场突如其来的大雪，让我与表弟表妹兴奋得像一只只疯狂的兔子，四处蹦来跳去。我们跑到山坡上，捞起一把一把的雪团成一团，使劲儿往对方身上砸去；我们在雪地里打滚儿，浑身滚得湿漉漉的；我们跑到矮一些的猪舍下面，跳起来够长长的冰凌，掰一根下来，便放进嘴里嘎嘣嘎嘣地咬。玩闹之间，我们的脸蛋儿、嘴巴、手背全冻得像涂了胭脂一般红。三舅母急得直跺脚，跑出来赶我们回家烤火。可是她把嗓子都喊哑了，我们也没有听她的。等我们狼狈归家，三舅母虽然嘴里骂骂咧咧，仍旧耐心地捉了我们让一个个换衣服换鞋袜，还把我们的手塞进火笼中捂暖。不承想几年以后，她便因病早逝。那个下雪的冬天，成了她留下的最后的温暖。每每忆及，我仍禁不住泪眼婆娑。

时光匆匆，翻阅定格在生命中的第三场雪，那时我已是一名初中住校生了。下雪的前一天，天气奇冷，许多同学都选择请假回家。我们的寝室条件差，在木地板上直接铺张席子便是我们的床了，那种冷是自不必说的。我大约算是努力学习的一小撮人之一吧，竟老老实实地待在学校。那天晚上，大雪纷纷扬扬地下了起来。寝室里仅剩下几个女生，我们挤成一堆，又取了别人的被子享用，垫两床、盖三床，竟睡得格外暖和。第二天上午停课，我一个人踩着雪走路回家。不用说，到家后鞋子已然湿透。一进家门，就嗅到厨房柴火的香味，走进去，见奶奶端坐其间，灶边闪动着金黄的火苗，我冻得僵硬的眼眶忽然溢出泪来。奶奶一边心疼地感叹着，一边舀了热水让我泡脚，还切了新鲜的萝卜块焐热，帮我敷在脚跟的冻疮处，让人感觉热热的、痒痒的。如今，奶奶早已仙逝，但她慈祥的面容在我心中清晰如昨。

当刀郎的歌《2002年的第一场雪》红遍大江南北的时候，我的家乡也被一场大雪覆盖。其时，我刚刚调到城区一所重点小学，担任一年级八十四个孩子的班主任。清晨看到雪，第一反应是务必早早赶赴学校，安顿好孩子们。那一天，来校的孩子极少，学校通知停课，我一个个打电话让家长把孩子接回家。然后是全体教师开会，我突然犯愁，从庆同楼至综合楼要经过一块宽阔的操场，必须踩着厚厚的雪过去，而我的靴子却不防水。同年级的秀兰老师穿了一双高筒雨靴，她毫不犹豫地对我说："我来背你过去吧。"事实上，我们平日并无多少交集，而且她个子不算高大。我趴在她的背上，心中百感交集。将我放下时，我见她大口地喘着气。开完会，她又直接走过来蹲在我面前，将我背回车棚边。我知道，此时"谢谢"两个字显得多么单薄，可是我能给出的又仅仅是这两个字。她那并不宽厚的脊背，成为那个冬天里最温暖的记忆。

此去经年，雪落无声。唯余一团又一团的暖，住在心灵深处。

那些穿过心田的温暖

在寒日里，我写下"温暖"这两个字，就能感觉到冰雪在消融、桃花在盛开、春潮在涌动。岁月长河中，那些穿过心田的暖意一股一股地奔涌出来。

他是我曾经的一个邻居。刚搬到我家隔壁住的时候，村里人就发现他们一家有顺手牵羊的习惯。大到农具，小到针头线脑儿，他们都拿。有一次，他的小儿子把我刚洗的一双湿袜子藏在自家席子底下，被村里的小伙伴发现了，我从此便不怎么理他们一家。最气的一次，是我家的两只生蛋母鸡平白无故地丢了。母亲找到他家时，看到一地鸡毛，十分痛心地和他吵了一架。后来他买了一只鸡赔给我们，但"小偷"的印象是无论如何都无法抹去了。出门撞见，彼此的眉目间都是冷冷的，话不投机半句多。

一直以为两家人大概就会这样老死不相往来地过下去，事情却在一个平淡的日子里发生了转机。那天是我们村开禁山的日子，家家户户都尽力往返于山里和村庄，一担一担地往家挑柴火。母亲是个十分勤快的人，早早就上山去了。午饭时间到了，我们等了许久，母亲还未回家。忽然那个从不进我家门的邻居急匆匆地跑过来，喘着粗气说："你妈的手被刀砍了，快去接她。"我抬起头来惊愕地看着他，发现他的眼神里写满了焦虑，一如受伤的是他的亲人。他的肩上空空如也，想必是扔掉柴火专门跑来报信的。

我的心中莫名地升起一份感动，这就是我们一直厌恶的"小偷"吗？不计前嫌，真诚地施以援手，我分明看到了人性的暖色在他身上显露无遗。

他是一名儿科医生。认识他时，正是我升格为母亲之后最艰难的那段时期。孩子刚刚过周，好好地忽然发起烧来，怎么也退不了，中药西药都吃过了，四方求医皆未果，反而惹来严重的腹泻。焦急、煎熬和恐惧如蛇一般紧紧地缠绕着我，几天过去，我们母女二人都瘦得形销骨立。当我抱着孩子，带着哭腔絮絮地向素不相识的他诉说孩子的病情时，我想他一定是懂得了一个年轻母亲的无助。只见他体贴地从抽屉里掏出一张名片递给我，说："别着急，先用药，有什么情况可以随时给我打电话。"然后，他拿出听诊器，捂在胸前暖过了，才开始给女儿听诊。习惯了一些医生的职业冷漠，面对这样一份细致，我一时感动难抑，落下泪来。在他的悉心治疗下，孩子很快恢复了健康。

此后，因了那张名片，每当孩子不适，我都给他打电话咨询，总能得到耐心满意的答复。有时，他正轮休，只要一个电话，他就会毫无怨言地跑回医院给孩子看病。后来，女儿去医院的次数越来越少，忽然有一天，听说他已调离这座小城。刹那间，小城的天空仿佛黯淡下来。此去经年，那个再未谋面的医生，依然被我安放在心中温暖的一隅。

她是一个内衣店老板。我不知道她的姓名，也从未踏进她的小店一步，发生交集纯粹是一种偶然。那天母亲送我女儿上幼儿园，回来后发现幼儿园的接送卡不见了。中午下班后，我知道了这件事，联想起现在坏人那么多，一旦接送卡被坏人利用，后果简直不敢想象。正在这时，幼儿园打来电话，说是一家保暖内衣店的店主捡到了女儿的接送卡，凭着卡上的电话号码找到了幼儿园。

来到内衣店，我刚对她陈述了自己的来意，她就从衣兜里掏出了女儿的接送卡，很热情地说："我怕你们着急，所以就打了电话给幼儿园。"我忙不迭地说"谢谢"，她很淡然地说："别谢，这又没什么。"接着又投入到忙碌地售货之中。我退出人群，手里捏着这张尚留有她体温的小卡片，感受着冬日里别样的暖意，心中百感交集。为她的认真，为她的善意。

一路风景一路暖。穿过光阴的步履，那些旧日的人、旧日的事，在记忆里反复淘洗，历久弥新。它们在我的心田上，扎下了恒久的温暖根系。

日常的善意

我一向有午睡的习惯，这几天感冒，午饭后更是恹恹欲睡。谁知昨天刚迷迷糊糊地进入梦乡，忽然被一阵尖锐的电钻声惊醒，尔后辗转反侧，再也不能入睡。三楼的房子刚刚易主，这段时间开始装修，看来我是很难睡个安生的午觉了。

但上班时还是忍不住敲开了那家人的房门。开门的是一个中年的师傅，正抖落下满身的灰尘。我试着跟他说清楚来找他的缘由，虽然对于他吵扰了我心怀不满，但我仍用很委婉的语气请求他今后推迟半小时开工。我说我一点至两点午睡，他能不能两点后开始装修。他说开工晚了，晚上看不见，会影响进度。如此一来，我以为他会拒绝我的要求，没想到的是，他居然很爽快地答应了。

今天中午，我果然安安静静地睡到了被闹钟唤醒的时间。揉着惺忪的睡眼下楼去，正巧遇上昨天的那个师傅。我投给他一个微笑，为了今天那个甜甜的午觉。他看上去很开心，主动和我打起了招呼："你去上班了呀？你去上班了，就该轮到我上工喽。"我再次表示了感谢之意，和他擦肩而过之后，居然听到他打了一个大大的响指。

我知道，对一个装修师傅而言，时间就是金钱，但他却愿意因为我一个小小的请求而改变工作时间，并因为这个小小的善举而心生愉悦，我不能不怀揣一份感动。

周末，带孩子去爬乌仙山。山在市郊，是喜爱健身的市民经常前往的地方。下山路上，和同行的朋友惬意闲谈，看着山路上人来人往，感觉到运动的美好，一切都和平素并无二致。唯一不同的是，就在快要接近山脚的时候，我们发现了一个哭泣的男孩儿。

男孩儿四五岁的样子，孤零零地站在山路上，大声哭喊着"妈妈"。也许是过于悲伤无助，他不断抹着眼泪，已经哭得睁不开眼睛了。不用说，这孩子一定是和大人走散了。我试着过去安慰，但男孩抗拒得厉害，使劲儿甩开我的手，无论问什么都只是哭。

费了好大的劲儿，男孩儿终于伸手指了指山上。看来，妈妈是在后面。但是问他妈妈的手机号码、家庭住址，他一概摇头。不一会儿，越来越多的人注意到了我们，并停下脚步。大家纷纷出主意，有的说，我上山时看到他和两个女的在一起；有的说，不如带他原路返回去找妈妈；有的说，安全起见，还是送派出所合适；还有的说，带他到前面的小店里等吧。

天色渐暗，没有一个人放心离去，大家都守在男孩儿身边，守在下山的必经之路上，等待那个迟迟没有出现的妈妈。我们尽量安抚着那个男孩儿，并尽可能多地想从他的嘴里获知可以帮助他的信息。每一个人都担心自己一旦走开，男孩会遇到坏人，或一个人越走越远，让他的妈妈遍寻不着。

此时，拐卖、诱骗，那些在新闻中见怪不怪的事件，仿佛离我们那么遥远。人性的柔软和温情，在一个孤独的小男孩儿面前，展现得淋漓尽致。

半个小时过去后，两个女人匆匆跑下山来，大声地呼唤着男孩儿的名字。原本平静下来的男孩儿，再一次纵情地放声大哭。母亲抱起他，喜极而泣。人群渐渐散去，一颗颗牵挂的心，终于放了下来。没有人去追究孩子走丢的原因，也没有人谴责那个大意的母亲。我想，他们和我一样，都为着一场善意的等待，为着母子的平安相聚而满心欢喜。

一箱等在前方的酒

事情和一箱酒有关。酒自然是好酒，按征文主办方的说法，奖品价值六千元，也就是他们寄来的这箱酒。写作已有数年矣，我何曾获得过如此丰厚的奖赏？欣喜之余，我早就想好了，这箱好酒只能拿来犒劳老父。父亲平生好几口小酒，却每每替家人着想，一味地节俭。

然而就在愿望即将实现的路上，我心里却一度被阴霾笼罩，自以为将与这箱酒失之交臂。真的，每每想到当初的那个俗念，我都替自己羞惭万分。

那日接到托运部电话，说有一箱货物待提，我知道准是酒来了。兴冲冲地赶过去，才发现自己根本搬不动它。怎么办？如果父亲知道，一定会骑着自行车跑来，将酒搬上货架捆好蹬回去的。从前的许多次，手无缚鸡之力的我都曾经这样劳烦和依赖过父亲。但是前些时父亲喊腰疼，我就发誓再也不让他当我的搬运工了。

来到街边，顺手招了一辆电瓶车。车主是个年约五十的大叔，前额有些秃，穿着酱红色的衬衫，看上去脏兮兮的。他的电瓶车更是如此，杂乱地堆着一些蛇皮袋和包装袋之类的物品。他停下来，与我讲价。拉什么呢？一箱酒。拉到哪儿？我报出小区名称。他问我可以出多少，五元，我一口咬定。他没再争论，爽快地说，走吧。在托运部，他吭哧一下就将那箱我费九牛二虎之力也搬不动的酒扛上了电瓶车。

走在路上，我与他聊了几句，他说他是收废品的，平时收一百斤废纸才能赚五元左右。这次顺路带一下，也挺好的。本来我一直跟在他后面，越聊越觉得大叔实在，也就渐渐放心，自己走在了前头，让他跟着。他一直跟得很紧，我在后视镜里可以看见他专注的样子。

直到在一个十字路口等红灯时，他还在我的身后稳妥地停着。绿灯一亮，我回头招呼了一下他，就冲了出去。出于警惕，我一直观察着后视镜，只是一个拐弯，我就发现不对劲儿，后视镜里怎么没有那人那车了呢？我心里一下子发起慌来，这辆电瓶车没有车牌号，我也没有车主的电话，他姓什么，他是哪里人，我全然不知。一旦丢失，我只能自认倒霉。

我掉头往回走了一段，真的没有跟来。我吓坏了，心想他或许从另一条路走了，又赶到那边看，也没有。再往前赶去看，还是没有。往后看，有两条岔路，人海茫茫，车来车往，如果他真的携货潜逃，到哪里去寻找他的踪影？我想我多半是遇上见财起意的坏人了。价值六千元的酒，他要收多少废品才可以攒到哇。

那一刻，我的心里闪过无数个镜头……我万分沮丧，好不容易送到家门口的奖品，还被人拐走，说好的孝敬老父呢？这样的倒霉事我又该向谁诉说？报警吗，根本没有破案的可能；向别人诉苦吗，只会招来耻笑。谁叫你不跟紧呢，谁叫你轻信一个陌生人呢？

天空渐渐变得阴暗，似乎即将下雨的样子。而我盘桓在大街上，多么像一只灰头灰脸的流浪猫。抱着最后一线希望奔回小区，来到小区北门的路边，没有；进了小区北门，没有；又在小区里转了几圈，还是没有。我基本已经不抱任何希望了。我不甘心，跑到小区南门边转了一圈，进了门没有，门卫室也没有。结局不言自明，还有什么比这种事情更让我万念俱灰呢？

可是事情却有了转机，在我最后颓丧地将头探出小区南门外的时候，天哪，那个收废品的大叔正笔直地站在那里等我，不知道等了多久。再一看，电瓶车上的那箱酒，也还好好地等在那里。几丝微雨飘落下来，我感到自己的眼睛湿润了。

大叔说："打你电话也不接。"原来他早就到了，没见到我，就从货单上找了我的电话打过来。可是那时候，我一直团团转忙着找他，忙着想那个最坏的后果。于是，那箱酒就像个与我失散的亲人，乖顺地等在我的前方，等着我过去与他相认。大叔说："你讲的这个小区我认得，别担心，我们都是老实人，做老实生意。"我知道，我遇上好人了。

走在小区的花径上，我嗅到一股桂花的清甜。"一善染心，万劫不朽。百灯旷照，千里通明。"天仍是阴天，可我的世界瞬间通透明亮起来。

时 间 的 海

让我回忆一下生命中最初读到的书是什么样子：不远处的峰峦在天幕下坐成一个"山"字，南行的候鸟在天空中排成硕大的"人"字，昂首的大公鸡在水泥地里踏出纷乱的"个"字，搬出凉席躺在树荫下乘凉的堂姐伸展手脚摆出一个"大"字……

我读的，是自然之书。而且，是被群山包裹的，与外面的世界隔着屏障的自然。

20世纪80年代，在麦菜岭，没有人相信一个孩子是需要童书的。甚至以麦菜岭为轴心画一个圈，把方圆三里地的老人、小孩儿、青壮年都圈进来，也没有人会这么认为。孩子嘛，见着风就长，沾着泥巴就皮实了。至于读书，送到村小去，那个一边种田一边上课的民办老师自然会教的。就连村小，也难保每个小孩儿都有机会，都能读完。如果挨家挨户去翻箱倒柜，别说书，连纸片儿也难寻一张。肉都吃不起，干活尚且没工夫儿，谁还有那闲钱闲时买闲书？

读课本之外的书，是闲人的事情。麦菜岭的每个人都奉行着这条铁律。

是的，即使在好些年以后，麦菜岭的人依然没有改变看法。在一个大雨即将来临的午后，人们都疯狂地往晒谷场奔跑，而我的大堂哥却一手捧着武侠小说，一手提着个箩筐低着头慢悠悠地走，快撞上人了都不晓得避。我的大伯母气得火冒三丈，村民们看着我大堂哥那副不争气的样子，无不一脸鄙夷："瞧瞧，学校没考上，还把人读傻了。"

我的父母最擅长在饭桌上行训育之职，万一我哪天考试成绩不理想，他们一定会打开机关枪，轮番对我进行劈头盖脸的扫射："你就不能老老实实地把学校发的书读好读实在？非要读那些乱七八糟的闲书？""供你读书，指望你发发狠，你都读到哪里去了？"他们越说越气，越气越说，直到把我仅有的十余年人生里犯下的所有罪过一一数落完，似乎还不能解气。我的头越伏越低，不敢驳斥半句，也没有能力驳斥。唉，要是换了今天，我可要把他们驳得哑口无言才好。

可以想见，指望父母给我买课外书，那是天方夜谭。

六岁，我坐进了设在老祠堂中的村小，那里光线总是阴暗，一口天井吝啬地漏下一方日色。老师要去犁地的时候，就吩咐我们上自习。我们咿咿唔唔读书的时候，住在祠堂里的鸡呀鸭呀鹅呀也咯咯嘎嘎地叫。狗也不甘寂寞，钻进钻出，不时抬头盯视着我们张开的缺了乳牙的嘴，仿佛想接住点什么好吃的。有多少人把读书当成一回事呢？那无非是把孩子熬大，学一点儿会算数能认字的本领罢了。反正我们村子里多少代没出过一个秀才，没什么好盼望的。

期末考试的时候，下段村小的民办老师来监考，一点儿也不严肃，成天瞎编些顺口溜逗我们笑。他还用顺口溜取笑我掉了乳牙后因缺钙而长期留下的那几块"空地"，取笑我因圆珠笔断水千方百计修理时沾的一手污迹。后来我才明白，那完全是因为我的试卷完成得太超乎他的预料。

我跟着民办老师和小伙伴，用一种唱歌的方式把课文诵念出来，"我在小小的船里坐，只看见闪闪的星星蓝蓝的天""桃花开了，梨花开了，苹果花也开了"。对于外面的世界，我们知道得那么少。苹果花是什么样的，人怎么能坐到月亮上去？还有大海，我单知道它是蓝蓝的，无边无际的。真实的大海有多大，比我们的村庄，比我们村庄周围密密丛丛的群山还要大吗？

在麦菜岭，我一定是个异数。那也许是一种自我觉醒或者命定的本能。当同龄的孩子还在馋嘴贪吃、偷奸耍滑混日子的时候，我就知道了探索未知世界需要依靠书本和文字。

在课本之外，我挖空了心思去发掘任何有字的东西。我死皮赖脸从大一些的孩子手中借来脏兮兮的小人儿书，读到武则天在寒冬腊月醉令百花齐放，读到李逵背母进山愤杀四虎，读到托塔李天王之妻怀胎三年诞下哪吒……那时我刚刚识字不久，靠着连环画连猜带悟读懂了他们的故事。如今想来，那些书籍真是贫瘠得可怜，而我却感觉开启了一个庞大的空间。

我就像一个撑着独木舟的人，明明势孤力薄，偏偏生就泛舟大海的野心。我不知道自己能划多远，能看见一个多么广阔的未来，只是一种内在的驱动力推着我不停地往前划。那时候，父亲一边种地，一边在电影院挣一份低到不能再低的工资，母亲则勤勤恳恳地操持家务、经营农田、豢养家禽家畜，他们为我规划的未来，就是考出去，做一个吃"商品粮"的人。他们希望我完全遵循课本和老师划定的轨迹，以考试为最高目标。从我们的村庄去往山外，要翻过一座蜿蜒陡峻的石罗岭，我一边默默地念书，一边幻想着有一天站到峰顶去。

离开村小到中心小学时，一个名叫彩英的腼腆女孩儿成为我的同桌。她的父亲是我们的数学老师，办公室里零零星星地散放着《故事会》和《作文》杂志。彩英不是很喜欢看，却不声不响地实现着我的愿望，把书一本接一本地递到我手中。就像蒙台居说的那样："再没有比读书更廉价的娱乐，更持久的满足了。"彼时的语文老师，在教习作文时完全奉行天意，从不指明方向，也不管我们写了几行，写的什么。我开始了最初的模仿之旅，在《作文》杂志上学到的那些句子、段落，慢慢发芽、分叉，长出了我自己的作文样式。老师喜欢将它们当作范文来读，而我，除了迎接一些羡慕的目光，还需要面对一些坏孩子的嘘声。

我升入初中的那年秋天，王群以一个横空出世的青春期女生形象，出赣州城入山区，坐进了我们的课堂。在一群干瘦的乡村孩子中间，她显得鹤立鸡群。她身材高大丰满，穿着时尚大方，散发着一种令人自惭形秽的气息。她还擅长交际，会讲一口流利的普通话，可以迅速地与老师同学打得火热。我从不以为她会把我这样穿着寒酸的丑小鸭放在眼里，然而在放学的路上，她却招手喊住了我："到我家来玩吧，有很多好看的书。"我被俘虏了，乖乖地随她走进她寄住的亲戚家，《格林童话》《安徒生童话》《儿童文学》《少年文艺》……天哪，我梦想中花花绿绿的书挨着挤着，却属于一个并不怎么用功学习的人。王群慷慨地抽出两本塞进我的书包说："看完再来换。"我不知道她为什么会对我这样好，而在往后的日子里，她换取的无非是新环境下的一份友谊或者作业上的帮助。

那段时间，我从王群家里得到的精神上的饱足，远超此前的十余年。那些书籍，在冥冥之中为少年的我和未来必将通往的路径建立了一种连接。并且，我获得了前所未有的自信，原来，它并不完全源自家境、长相和丰富的物质。

我还幸运地遇到了一个科班出身的语文老师，我听班主任骄傲地介绍过她，她是我校分配到的唯一一名本科毕业生。她引领着我读西方的书籍，写日记，甚至写诗歌。她将我的第一首诗发表在班级的黑板报上，还放任我每次写作文都信马由缰。从幼稚少年走向懵懂青春的三年时光，我仿佛驾着小舟驶向了更远的前方，那是我寻觅的大海吗？似乎水汽氤氲，目光仍旧有一些模糊，但分明能看到一束光，从海的上空向我投射过来。大约，就是在那时候，我隐约望见了出路。许多年以后，我在编一本叫作《瑞金文学》的当地民刊时，向当年的语文老师约稿。她的文字敏感而清丽，比许多自诩已经在文学圈混得不错的人都要干净、深刻，我读着，忽然想哭。

我知道，能够将大海的宽广指给你看的，除了书籍，还有前行路途中遇见的某些重要的人。这一生，她都是一个尽职的语文老师，从青年走到中年，还将走到老年。她有当作家的潜质和能力，而最后是我——她的学生成了一名作家。

再后来，我以作家的身份，被邀请到一所颇大的学校给家长做讲座，谈带领孩子阅读的重要性。许多年轻的妈妈举起手来，迫切地想要一份秘籍。我忽然想起儿时凭直觉接收并领悟到的自然之理，时间以充满魔性的笔触写下了故事的预言和续集。

我无法将整个海洋给人们搬出来，世界之深邃和宽阔，唯有读书，才能填充它。

一卷书香煨年华

天地有书房

说起书房，人们脑海中往往会勾勒出一间独立的屋子，有书桌椅子灯盏为伴，还必定有一溜儿木质的书架，上面整齐地摆放着各种书籍。自然，理想的书房应该是这样的。但我打小生在农村，而且是个穷人家的孩子。家中那几间土坯房，除去一间厨房，一间卧室，便只剩一间略大点儿的饭厅了。很显然，拥有一间正儿八经的书房对我而言太过奢侈。但是对于一个热爱阅读的孩子来说，那有什么关系呢，天地之间，有书的地方便可以是我的书房。

阴暗的阁楼曾经是我的书房。老屋的上层有一间小阁楼，阁楼里，搁的都是些经年不会打开的旧物件，甚至还有一口令我毛骨悚然的棺木。起初我是不敢轻易靠近的，后来大着胆子跟随哥哥去挖掘"宝藏"，发现其中一个大木箱里装的居然全是书。那也许是读过几年私塾的祖父留下的藏书，《三国演义》《水浒传》《西游记》《红楼梦》等一系列经典名著几乎应有尽有。书籍对我的诱惑大过了棺木带来的恐惧，于是我们兄妹常常趁着父母下地劳作，悄悄地爬上阁楼，各取一本，就着微弱的光线津津有味地读起来。听到狗儿兴奋迎接的汪汪叫，便知道父母归家了，我们即刻溜下楼去，再装模作样地干起父母吩咐的活计。那些书大多是繁体字版本的，那时候我大概不到十岁，天晓得我是怎么半猜半悟读懂它们的。

叠合的箩筐曾经是我的书房。每到收割季节，家里总要安排人在晒谷坪边看谷。一来防止谷子被鸡偷食，二来如遇下雨可及时收谷。这个活计是我最喜欢的，由于家中数我年龄最小，所以往往能得到这个美差。等母亲晒完谷一离开，我立即把塞在裤腰里的书拿出来。烈日之下，无处可躲，我钻进一个箩筐里，另取一个箩筐罩在上面，叠合起来，便有了一间绝好的"书房"。我个子小，蜷着腿靠坐刚刚好，就着竹篾的缝隙泄进来的阳光，读得酣畅淋漓。箩筐的妙处还在于，外面看不到里面，里面却可以把外面的情景看得一清二楚。读书之时，只消偶尔朝外瞄上一眼，便可知是否有鸡靠近。若发现"敌情"，坐在箩筐里高声驱赶，它们便只好无奈地一步三回头地离开。

广阔的天地曾经是我的书房。我承认我是一个对待农活容易偷奸耍滑的孩子，割草、放牛、翻地……只要没有大人在场，我总会想方设法藏一本书带过去。活儿干得差不多了，就自己给自己放风，随便找个地方坐下来，翻开书就看。天为檐，风为墙，扁担或锄头为椅，这间书房可谓开阔自由矣。最舒服的是放牛时光，找一水草丰美处，将牛绳系在一棵树上，放长一些，它可以吃个够，我也可以看个够。光阴在不知不觉中悄悄从身边溜走，等母亲在村边拖着长长的尾音高喊："归来食饭喽——"一本书差不多已经被我"吃"下去了。我心满意足地卷起书，牵着牛，披着夕阳返家而去。

事实上，我的另类书房远不止以上三间。譬如灶膛前，母亲做饭，吩咐我烧火，我可以捧一本书就着火光看，看到饭已做熟仍浑然不觉，恨不得她再多炒几个菜才好。再譬如夜深人静时的被窝里，为了赶紧看完一本借来的书，打着手电筒做贼一样地看，直看到眼皮打架，才扔下书和手电筒呼呼大睡。最不雅的当属茅房，我总觉得方便时间不看点什么当是极大的浪费，于是总要随手携带书报，有文字入眼入脑，于是便忘了茅房味道之浓烈。我常常自我标榜，以书香抵御粪臭，想必也算是一种雅举了。

可见，真正爱读书的人，有书足矣。广阔天地，何处不是书房？

一卷书香煨年华

要用怎样的词汇才能形容记忆中的那一种香？一卷书竖在眼前，它所散发出的香味，包围我，诱惑我，比一包饼干、一盘水果更容易勾起我的馋虫。得之，如饥似渴；未得之，百爪挠心。

小时候，偶见村人将书报撕下包裹食物，甚或成为揩屁股的秽物，总有着莫名的心痛。暴殄天物，莫过于此。我比任何人都渴望书的滋养，可是除了那几本可怜的课本，没有谁会想到要为一个小不点儿购置书籍。更何况，父母压根儿就没有那份闲钱。于是，"盗"书和借书成为一种必然。

父亲也许料定我没有读大部头的能力，更多的是担心被我辈毁坏。于是他将收藏多年的名著通通束之高阁，挂上一把锁，让我垂涎又毫无办法。可以自由阅读的，仅仅是一些以图为主的小人儿书，什么《西游记》《智取威虎山》之类的，很快就被我读了个遍。可是不够，太不够了，在我小小的野心里，早就觊觎着更纷繁更深广的文字。

接下来，我便挖空心思"盗"取父亲锁在柜子里的藏书。瞅着开了锁，迅速地取上一本，藏在枕头底下，一有时间就捧着读起来。有繁体的，有竖排的，很多字不认识，也不管是否能够读懂，总之囫囵吞枣，半猜半悟，颇有些饥不择食的意味。曹雪芹的《红楼梦》、冯梦龙的《醒世恒言》、冯德英的《苦菜花》……各种年代、各种题材、各种风格的书籍混杂在一起，填补着我懵懂幼稚的心。

博尔赫斯说："书是我们人类能够得到幸福的手段之一。"真的，我时常沉醉于那种无与伦比的书香之中，以及那种被文字完全浸染的幸福之中。那时候，即便有人用一大包糖果跟我换书，我也是一定要断然拒绝的，尽管我知道想要得到一袋糖果有多么难。

直到今天，我仍然会想起父亲珍藏在箱底的几本手抄书。书是毛边纸裁成的，再用纳鞋底儿的麻线装订牢固，散发着久远的纸质的幽香。封面粘一层厚些的蓝色纸张，煞有介事地用大字题写书名——古代神话传说，并以"之一""之二"区分。也许为了节省纸张，每一页都布满了密密麻麻的蓝黑色的钢笔字，不留一丝空隙。显然，这是父亲少年时的杰作。难以想象，他费了多少心思，才成就了这些真正属于他的"书籍"。我知道，那是属于父亲少年时代的秘密和幸福。正因为他有着这样的一种情结，才会有书橱里那么多的藏书。书籍所散发的恒久的清香，流淌在血脉里，终于也成为我的宿命。

小学四年级时，数学老师的女儿彩英与我同桌。她经常从她父亲的办公室里拿来学校订阅的《作文》，还有《故事会》，只给我一个人看。那真是无比甜蜜的课间餐点哪，崭新的纸页上，散发着油墨的香气，成为我疯狂享用的美味。有时上课时，我也忍不住从抽屉缝里瞅上几眼，就像兜里还有好吃的东西没吃完，反复惦念。没有谁具体教过我写作文，可是每次我写的作文，都被老师拿到班上念。还有一次，老师让我抄了作文贴在教室后面的表扬栏里。村支书不知怎么看见了，在全村反复宣扬，让我既羞涩又骄傲。

初中时，一个从赣州转学来的女孩王群和我成了好朋友。放学回家的时候，她招呼我，邀我到她家里看书。天哪，那一整排书架上密密麻麻排列着的书籍，简直要亮瞎我的眼。《格林童话》《安徒生童话》，还有许多中外名著，用一缕一缕难以摆脱的香味诱引着我，纠缠着我，让我一次又一次努力地吞咽下口水。幸而王群是个非常大方的女孩儿，每次都会让我满载而归。就是在那一年，我读到了路遥的著作《平凡的世界》。一个又一个燃起煤油灯痴迷读书的夜晚，我沉醉在主人公的命运起伏中，悲欢与共，时哭时笑。属于文学的伟大力量，像一盏灯，在我生命的前方照亮，召唤我，吸引我像飞蛾扑火一般朝之奔去。

二十多年过去了，多少个以书取暖的寒夜，我煨着一卷书香，把自己的心思完全地交给它，为之喜，为之悲，为之痴，为之醉。读书之余，我自觉不自觉地拿起了笔，开始写作。每当这个时候，我便嗅到一缕香味。它深藏于岁月深处，在我的生命中一直弥漫，直到将我整个地包裹其间。直到有一天，我终于也拥有了一本又一本封面上印着自己名字的书。我把它摆在书架上，女儿将之取出来，痴痴地读着，并时常会心地笑。我知道，一缕宿命中的书香，又一次经由我的血脉，延续到了她的身上。

没事的时候，我喜欢到新华书店走走。再也不用为没钱买书而羞愧了，我自如地穿梭其间，有中意的，拣选一本，没有，则随便翻翻。只是喜欢那种香，丝丝缕缕，游进鼻腔，游进肺腑，伴着我穿过一段又一段年华。

书页翻过，世界豁然开朗

我喜欢听书页翻过的声音。轻微的摩挲声，似一曲低低的吟唱，伴随着一阵阵纸墨的香气，这一切都让我着迷。

回头想想，语文学习的过程，不正是一次次在书页摩挲声中度过的幸福时光吗？

人们普遍认为，语文素养的提升主要有三条途径：课堂有效教学、课外大量阅读、社会生活实践。对此，我想打个不是那么精准的比方：

如果把语文素养看作一个正在长大的孩子，要将他喂养得骨骼强健、肌肉结实、心灵丰沛，自然离不开"吃"进肚里的东西。课堂有效教学该是主食了，社会生活实践当属小菜，而课外大量阅读，则是肉蛋奶蔬果等各种营养品。虽然主食每天都在吃，但缺了营养品的人，终究还是落得面黄肌瘦。你看那莘莘学子虽然每天都在同一个语文课堂上求学，但是学习成绩却各有差异。我以为，决定这差异的主要因素，还应归结到营养品是否丰富上，即学生是否进行大量的课外阅读。

卡尔维诺说："在青少年时代，每一次阅读跟每一次经验一样，都会产生独特的滋味和意义"。从某种意义上说，阅读还代替了因条件所囿而不能够参与的诸多社会实践。但是课外大量阅读对语文综合素养提高的作用，却是任何其他方式都无法替代的。

我仍然记得在中学的语文课堂上，老师对我投来的期许的目光。那时候，我们的语文老师上课爱旁征博引，讲许多课本里没有的内容。有一次，他唾沫横飞地讲到一个装在瓶子里的魔鬼："是谁把魔鬼装进去的呢？"他突然停下来，扫视着听得津津有味的同学们。"所罗门！"我脱口而出。每当这时候，我总能接收到他眼神里夹杂着感激和赞赏的信号。的确如此，一个班五十几名学生中，常常只有我能够与他心领神会、一唱一和，慰藉迫切需要寻找共鸣的他，并及时挽救因无人懂得而气馁和哀愁的他。

可以想见，20世纪90年代初的乡村中学，能进行课外阅读的孩子真是少之又少。我也不过是在所能搜罗的范围内多读了几本书而已。但老师因此认定我是一个可塑之才，并对我悉心栽培。我所有对语文和写作的自信应该就是从那时候起开始长出幼苗，并逐渐伸展枝叶的。说白了，这一切均得益于课外阅读。

"阅读"只是简单的两个字，但实际操作起来何其艰难。家里除了种地没什么收入来源，买点儿肉和豆腐都要掂量着，哪有余钱为我买课外书呢？说起来我真是佩服我的父亲，他年轻时把当兵的津贴大多用来购书了，因此我家好歹算是一个有书之家。除了经典名著，还有《苦菜花》《红岩》等许多红色小说，加上一大箱子的小人儿书。除此之外，父亲还是一个极具毅力的抄书人。他用毛边纸裁成笔记本大小，再拿线装订起来，就做成了一本自制的手抄本，上面密密麻麻地抄写着神话传说之类的故事。

不用说，小时候我就是在这些书里泡大的。现在想来，觉得自己有些犯书疯。家里的书读得差不多了，又去翻哥哥的语文教材和配套课外读物。一旦看到村里谁手上捧了书，那是千方百计也要借来读之而后快的。多是些《山海经》《故事会》等杂志，还有些武侠小说。说来好笑，有一段时间，我做梦都在写武侠小说。后来，村里有户人家信了基督教，我腆着脸跑去借《圣经》读。《圣经》不怎么符合我的爱好，有些艰涩难懂，却自此为我开启了一扇别样的天窗。

大量读闲书，看似不务正业，却为我的语文学习打下了坚实的基础。

首先是语文知识的丰富，让我在考试中占尽便宜。语文考试不会全是考课堂知识，偶尔来一两道超纲的题目，大多数同学都傻眼了，我却往往凭阅读印象可以蒙个八九不离十。老师来讲评考卷，往往要单独提一句："这道题全班只有秀华做对了。"好了，分数上去了，自信也满满的，这就形成了语文学习的良性循环。

其次是阅读理解能力的加强，让我在各门功课的学习中如鱼得水。对阅读理解，千万不能掉以轻心，你要是想错了，答题就容易南辕北辙。长期大量的阅读，会使一个人对句子含义的理解更为精确，对上下文之间的联系也更易把握，这些能力直接影响着各门功课的学习效率。说真的，那时候我每每看到同学点着煤油灯熬夜，苦做习题，心中总是充满不解与同情。

最后至关重要的一点是，阅读将写作这一项美好的事业赐给了我。且不去谈念书时作文分数遥遥领先，作文竞赛屡次获奖为我带来的荣耀，单是拥有了一份终身的爱好，便足以令我心怀感恩了。读书对于写作真是一种很奇妙的潜移默化。起初在阅读时只是悄悄地想，这样的事我也有类似经历，这样的文章我也能写。后来不知什么时候就真的提起笔来写了，且一发而不可收。

后来在某次阅读中，我读到卡莱尔的一句话："书中横卧着整个过去的灵魂。"此言甚合我意。

"沙，沙"，你听，书页在春天里翻过。那些如虫蚁一般悄悄蠕动的文字，会在温暖的春风里苏醒、长大，开启一个草长莺飞的世界。

"唰，唰"，你听，书页在静夜里翻过。那些如月光一般明亮优美的修辞，会从寂静的月色中走出，伴你度过生命中每一个孤独的时刻并走向远方。

书页翻过，世界豁然开朗。

被梦想照亮的时光

至今还记得，初中毕业时我的同学录上出现最频繁的一句祝福语："祝你实现作家梦。"事实上，这个梦从小就种进了我的生命里。那些被阅读和写作占领的青春年华，是被梦想照亮的最幸福的时光。

也许是一种宿命，打小开始，我便疯狂地痴迷于阅读。书籍上印着的作者姓名，在我心目中具有无上的荣耀。20世纪80年代末至90年代初，"作家"是一个多么神圣的词语，足以让人们顶礼膜拜。我暗暗藏着一个在那时看来简直像登天一般不可企及的梦想：什么时候，我的名字也会像他们那样印在书上呢？作为一个农村孩子，我别无他法，唯有拼了命地阅读。

　　家中仅有的几本小人儿书，全都被我翻了个遍。接下来，我挖空心思"盗"取父亲锁在柜子里的藏书，瞅着开了锁，迅速地取上一本，藏在枕头底下，一有时间就捧着读起来，也不管是否能够读懂，总之囫囵吞枣，半猜半悟，颇有些饥不择食的意味。小学三年级之前，我已经不求甚解地读完了《三国演义》《水浒传》《西游记》《红楼梦》等一系列经典名著。给我以直接艺术滋养的，还有父亲单位订阅的《电影创作》，一期接着一期，那些年我几乎一本不落地读完了。我常常读着那些电影剧本，沉醉于主人公的命运之中，为之哭，为之笑，为之牵挂得睡不着觉。

　　如饥似渴地阅读，扩展了我认知的广度，使我对世界、生活、情感有了全新的认识，也为我的写作奠定了坚实的基础。中小学期间，我的作文经常作为范文被老师当堂宣读，有时候，老师还把它发表在校刊里。我看着那个钢板上刻印的名字，忽然觉得自己离梦想越来越近了。

　　此后，我更加如痴如醉地阅读中外文学名著。最喜欢读的国内文学作品有路遥的《平凡的世界》，巴金的《家》《春》《秋》和钱锺书的《围城》。外国文学作品有《飘》《悲惨世界》《简爱》《战争与和平》《基督山伯爵》等。我常常在夜深人静的时候，细细地品读着一行一行馨香的文字，也常常体会到惦记一本好书，欲得而求不得的煎熬。念师范的时候，我加入了学校的文学社，获得了系统的文学熏陶。我开始将阅读的激情转化为写作的动力，接二连三地在校报、广播站发表作品，成为学校里小小的知名人物。我的眼光逐渐不再满足于校内，我试着向校外的一些报刊投稿，没想到竟然屡有收获。

　　记得第一次在《中师语文报》发表作品时，班里负责收发的同学最先发现。他将报纸摊开在我桌面上，大声地说："钟秀华，你发表文章啦，快请客！"我激动得手有些颤抖，拿起报纸，看到上面赫然印着我的名字。这是一份公开发行的正规报刊，我的名字第一次变成铅印，那份欣喜，简直无以言表。同学们像迎接一件特大喜事那样兴高采烈，都嚷嚷着要我请客。我拿出自己的零花钱，请几个要好的同学下了一回馆子，虽囊中羞涩却夹带几丝自豪。过了一个月，我才收到那笔稿费，仅仅十五元，但已足够让我深受鼓舞。第一次的成功，成为我继续写下去的强大动力。从那以后，我更坚定了自己的梦想。我深信，只要付出努力，作家之梦其实并不遥远。

二十年过去了，我一直没有停下用笔书写的习惯。由于笔耕不辍，我在全国各级报纸杂志上发表了百万余字的作品，许多作品被收入各种年度选集，也获得了一些全国文学大赛的奖项。2016 年，我的首部散文集《天空下的麦菜岭》由中国文史出版社公开出版，于 2017 年获得孙犁散文奖；2019 年，我的长篇纪实散文《陪审员手记》由作家出版社公开出版，于 2020 年获得第十二届全国少数民族文学创作骏马奖；2020 年，我的散文集《赣地风流》入选中国作协重点扶持项目，并于 2021 年由百花洲文艺出版社公开出版……

我仍然在写作，长长的路还将继续走下去。回顾这些年来不懈努力并有所收获的历程，恍然如昨。那些沉浸在阅读和写作中的时光，无不是被梦想照亮的时光。

梦不完的你

梦不完的你，陪着梦不完的明天。梦不完的我，陪着无尽
的风雨。每个明天的你，牵引我的未来。

——《梦不完的你》

耳畔常常萦绕着她的歌声，婉转，如流水淙淙。琰，我的同桌，一个爱做梦的女孩儿，眼睛里时常氤氲着一层雾气般的梦幻。那时候流行的歌曲真多呀，她唱《梦不完的你》，唱《追梦》，唱《望星空》……她爱唱的每一首歌，几乎都和梦想、追逐、仰望、明天有关。未来总是那么若隐若现，一个被青春之手握紧的少女，除了憧憬，还是憧憬。

十四五岁时，我们捧着自己的学号牌，相识在教室第一排的同一张课桌旁。她来自会昌，我来自瑞金；她是二号，我是一号；她说她是老家那所乡村初中的"学霸"，我与她相当。在寝室里，她睡下铺，我睡上铺；她说普通话心余力绌，我同样力不从心。攀谈之下，我们发现，彼此考进来的分数竟毫厘不差。这样的一种关系，如果让我母亲来形容，应该是"半斤八两，旗鼓相当"。

还没来得及感叹缘分来得如此奇妙，我们之间的差异便很快显现了出来。她喜欢唱歌，我喜欢写字；她爱睡觉，我爱行动；她性子温吞，我雷厉风行。我没有和她成为形影不离的好朋友，很大程度上是因为下课后我总是第一个冲向食堂，而她则慢吞吞地出现在打饭长龙的尾巴上。常常是我端着打好的饭菜得意地从她身旁走过，她却用淡定的眼神瞧着我。

她名字里的"琰"原本是"焱"，许是五行缺火的缘故，长辈硬是在她的生命里点上了三把火。可是她不喜欢燃烧的感觉，她希望自己是一块温润的玉，于是自作主张把名字给改了。而我却感受到了琰的温暖，没有火的滚烫，却又比玉要热乎。冬天，寝室里没有任何取暖设备，我们的单人床显得又冷又硬，规格一致的薄被褥无法抵御侵身而来的寒气，抱团取暖是我们唯一的选择。许多同学都找到了同床共枕的搭档，我和琰决定把铺盖搬到一起。她有些胖，我也不瘦，一米二的小床逼仄，给我们带来了严峻的考验。

琰的爱睡是出了名的，周末的夜里，馋嘴的我们跑到校外吃炒粉打牙祭，只有她不为所动，兀自睡得踏实。也许因为她对睡觉颇有心得，久而久之，竟摸索出了一套行之有效的办法。她要求我与她同步翻身，有时是两个人背对背，有时是两个人同时左侧卧或右侧卧，唯独不可以面对面。在她的指导下，我们合作默契，从未像别的同学那样滚落床下。偶尔在半夜醒来，她的一只肉乎乎的手搭在我的腰间，鼻子里呼出温热、均匀的气息。

一个班五十几名同学，多半来自农村，突然融入一个多县市学生混合的集体，各有各的自卑和手足无措。在此之前，我们所有的骄傲，几乎都来自考试和分数。首先要克服的是语言障碍，从小学到初中，我们都在老师们"半普半土"的课堂中成长。各自的方言无法沟通，大家又不得不操起半生不熟的普通话交流。而南方人对付平翘舌音与前后鼻音，还有各种声母与韵母的组合，总是那么蹩脚，常常笑话百出。

学校安排了每日晨读，夜间观看《新闻联播》。我跟着中央电视台的播音员，使劲儿倒腾着自己的舌头，以便咬准那些难咬的字音。

毕竟曾参加过演讲比赛，从小又是班里的朗读小能手（矮子中的高个），我不经意间找到了从前"学霸"的感觉，自信心渐渐爆棚。我拉着琰大声朗读教材上的美文，她每每读得面颊微红，深深地沉浸于文章的情感中。

也许我早就应该意识到，爱睡觉的人多半也爱做梦。有一天，琰竟然告诉我，她要竞选播音员。这可是我连想都不敢想的事情啊。彼时学校的播音员是高我们两届的瑶，她的声音简直美极了，每天清晨，都伴着悠扬的音乐准时在我们耳边响起："亲爱的同学们，今天是×月×日星期×……"她单独住在小小的播音室里，听说是瑞金人。我不敢和她搭讪，每次见她昂首挺胸地穿过校园的林荫小道，心中充满了羡慕。可是琰，和我心目中播音员的形象差距实在太大了呀。

在我的万般打击之下，琰不仅不为所动，还说服我一同参加竞选："输赢不要紧，只要主义真。"好吧，我抱着舍命陪君子的心情，与她一同站上了竞选台。我们使出浑身解数，各自声情并茂地朗读了评委规定的文章段落，脸涨得通红，腿紧张得发抖。结局不用说，我们双双折戟。她放弃了一个梦想，我扔掉了一个包袱。

此路不通，琰又迷上了唱歌。彼时我们要练许多基本功，做广播体操，琰老是同手同脚，显得很不协调；弹脚踏风琴，琰说服不了自己的小拇指，它总是不听话地跷起来……但凡需要手脚并用的动作，她都有些困难。唯独唱歌，琰表现出了惊人的天赋。简谱和五线谱视唱，她一学就通，拍子打得稳，音准卡得住，声线也清澈透亮，能飙高音，有一副天生的民族唱法的好嗓子。有一段时间，音乐老师让她上台带视唱，谁知她总是把调门儿起得太高，以至往高音处走时，多数同学唱不上去。老师无奈，只好换人。

来这儿上师范之前，我想琰是没有多少机会纵情高歌的。为了升学率，为了跳出农门，当年的农村初中，音体美课程大多形同虚设，谁来教你唱好一首歌呢？现在不一样了，唱歌成为基本功之一，琰便有了大显身手的空间。反正能识谱了，买个歌本，没有什么歌是学不会的。我们捧着厚厚的歌本，轮换着一人唱谱，一人唱词，将当年的流行歌曲学了个遍。然后，她成了环绕我左右的自动唱机，课间时，练唱时，周末时……但凡允许发出声音的任何空当儿，她都不会错过机会。

转眼大半个学期过去了，秋日渐凉，琰的唱歌热情却没有凉下来。学校贴出通告，要举行一场唱歌比赛，琰毫不犹豫地报了名。这一次，我是无论如何也没法陪她上阵了，只能为她助阵加油。初赛那天，短发的琰将头发梳了又梳。没有化妆品，也没有演出服。她的竖格子夹克衫有点儿旧了，还是初中添置的吧。是的，那时候我们都穷，鲜有买新衣服的机会，常穿的是一套类似运动衣的校服。为了比赛，她已经翻出了箱子里最好的那一件。

琰站在那个不算高也不算大，没有灯光也没有幕布的台子上，开始了她的演唱。她清唱着《望星空》：

"夜蒙蒙，望星空，我在寻找一颗星。它是那么明亮，它是那么深情……"

起初她一定是紧张的，婴儿肥的脸呈现出一种饱满的粉红色，身子有一些僵硬。我在台下使劲儿地朝她挤眉弄眼儿，竖起大拇指，她一次也没注意到。但是渐渐地，我发现她已经进入到歌声里了。有时候，她双目微闭，仿佛置身于广袤的原野上，头顶着满天的星光；有时候，她将头微微昂起，仿佛那星空中藏着一个遥远的梦，隔着天遥地远的距离却又令人无法停止追寻。她的身子开始随着节奏摇摆，脑袋轻轻地晃动着，右脚不由自主地打着拍子。即使在最高音的位置，她都没有使用一次假声，没有一次唱破嗓子。在我看来，她的表现几近完美。那短短的几分钟，是她最美的时候。

台下响起了不算热烈的掌声，其中最响亮、最持久的那部分，来自同桌的我。我不顾工作人员的警告，站起身来，拼命地拍着巴掌，迎接从台上走下来的琰。我说："这回你铁定成了。"她羞红着脸，激动地控制着心跳。然而当我们充满期待地聆听分数播报时，却遭到了迎头一击。分数并不理想，我们面面相觑，也许是我天真，并不懂得如何辨别歌唱的效果。直到听完全场，我们才发现，有些参赛选手老练得令人咋舌。他们化了妆，做了发型，租用了演出服，还自带伴奏，演出效果自然高出一筹。

后来我们才知道，其实学唱歌是要专门拜师的。每一首歌的演唱，每一场演出的完成，发声的方法、情感的处理、动作表情的设计，都要由老师一对一地指导并长期练习。明白了这一点，琰释然了。以她的家庭条件，根本不足以支持她单独拜师学艺，她只能在音乐课上认真听、认真记。很快，琰又有了一个新的愿望："当不了歌唱家，毕业以后可以教学生唱歌呀。"她还和往常一样，在寝室里、在教室里、在我耳边，不停地唱，快活地唱。我想，梦想于她，实在是来自天堂的礼物。

为了在毕业后当一名好老师，琰始终没有停止努力。她搬着凳子去琴房练琴，一坐就是几个小时；她对着字帖练习书法，时常忘记了时间的流逝……三年，她坚定而沉稳地前行，终于克服了动作障碍，通过了基本功过关检验。其中的做操和弹琴，她完成得如行云流水一般。

我永远不会忘记，琰在毕业晚会上唱的那首《追梦》：

"追追追，我追过狂风追过我自己，不会退缩没有后悔，有梦就去追。追追追，我追过时间追过天与地，有梦的明天，那就是我的未来……"

那多么像她师范三年（也许是一生）的真实写照。一个心存梦想又勇敢追梦的女孩儿，太适合做一名好老师了。分别的时候，我们拥抱了彼此，然后张开双臂拥抱更广阔的未来。从此，这个世界的讲台上，多了一个梦不完的你。也许，还将多出无数个梦不完的他们。

一切皆有可能

元子，加油！

他站在四楼的阳台上，探着头尽力往下面看。是的，他在找我，因为下一节是语文课。当我终于出现在他的视线之中时，他用他那略已变声的粗嗓门儿大声地喊我："老师，我已经把东西搬上来了！"知道是他，我抬起头来，"嗯"了一声，他便一溜烟儿地进了教室。

他就是元子，我的新晋小助手，是对班里的事无所不管无所不包的"贴身小侍卫"。

在这个班里，要认识元子，绝对是件再简单不过的事，因为你无法不注意到他。过分随意的穿着，故作潇洒的动作，一下课总是跑得虎虎生风，还会搞些恶作剧。他有一张阔嘴巴，一副大嗓门儿，会在你上课时冷不丁操着方言给你回一嗓子，让你瞪大了眼睛好久才回过神儿来。

我没少批评他："可不可以正经一点儿？"无奈人家只是一味地外甥打灯笼——照旧（舅）。你说他错吧，好像也没什么大错，但就他那副吊儿郎当的样子，也着实够噎人的了。更令我头疼的是，第一次开家长会，我反复强调一定要请家长准时参加，直到会开完了，元子的座位上仍然空空如也。

　　我实在是忍无可忍，这小子也太不像话了，这次非打电话给家长不可。电话是他爷爷接的，爷爷听了我的陈述之后，十分生气："这个短命鬼，他没来开会吗？我反复嘱咐他了呀。"我一下子愣住了：你不是家长吗？你骂谁呢？后来才搞清楚，原来他骂的是元子的爸爸。据爷爷介绍，元子的爸爸虽已成家生子十几年了，却十分不成器，整天游手好闲，四处浪荡，老想着靠赌博什么的发财，对家人不管不顾，元子妈妈只好外出打工挣钱。这次元子回去说要开家长会，爷爷吩咐了他要去的，结果人家压根儿不把儿子的事当回事。看来，我真是错怪元子了。

　　暗想，救元子于"水深火热"之中，也许是我义不容辞的责任。于是，我格外地关注起元子来，一直寻找着他身上的闪光点。渐渐地，我发现其实元子挺热心的。比如发本子的时候，哪个同学没听到，元子会操起他的大嗓门儿，大声地喊出那位同学的名字。而且他特别喜欢关注老师的一举一动，比如老师杯子里没水了，他也乐意跑跑腿儿，虽然有时他只是为了到操场上玩一圈。可见，元子的骨子里，有着善良、积极的一面。

　　就这么观察了一段时间，我终于在一个午睡后头脑特别清醒的时间里，做出了一个堪称"伟大"的决定——人尽其才，就让精力充沛的元子当我的小助手吧。当然，说白了，这个小助手以跑腿儿为主，也就是每节课后，他都得找到我问一问，有没有什么需要做的事。如我所料，当我在班里宣布这个决定的时候，元子的眼睛里闪烁着骄傲自豪的光芒。他非常乐意地接受了这个"光荣称号"，并且在第一时间就进入了工作状态。此后，他殷勤地从办公室里进进出出，为我分担了许多力气活。轮到我上课，他总是及时地替我把水杯、扩音器、教案、课本等搬运到讲台上；几大摞作业，他捧着上四楼，还健步如飞，学习委员也轻松多了；有时一些需要上传下达的事情，交给他都能办得妥妥帖帖；特别是对于那些做错事需要叫来教育一番的同学，他可是坚决贯彻到底的，常常是亲手"提交"。久而久之，班里的同学都把他当成我的代言人了。

我不禁暗自得意，有了元子，省心多啦！可惜他终究还是做出了令我不省心的事来。一天课后，万林哭哭啼啼地跑来对我说："元子欺负我。"我大吃一惊，原以为这段时间元子老实多了，也没时间干坏事呀。叫来一问，果然是元子的错。这小子，以为小助手是天大的"官"，恃宠而骄翘尾巴了。我对元子说："你知道吗，你辜负了我对你的喜欢。"元子眨了几下眼睛，流出了眼泪。我看出他知错了，心里也内疚，于是给了他一个台阶下："给你改过的机会，如果再让我失望，你就不能做我的小助手了。"

显然元子是珍惜这个独一无二的"官位"的，他变得积极上进，将班集体荣誉视同生命；他在课堂上尽力克制自己，不再随意亮出他的粗嗓门儿，说那些不着调的话；更可喜的是他成绩的进步，以前他考好考差都是一副无所谓的态度，现在，他对于七十多分的成绩已经感到不满意了。他说他会努力，他可以考得更好。我满心欢喜，拍拍他的背，郑重地说："元子，加油哇！"他睁大眼睛看着我，什么也没说，有些害羞地一溜烟儿跑走了。

跑了几步，他忽然停下脚步，回过头来，大声地对我说："老师，我会的！"我知道，我已经看到了元子的春天。

爱滋味

我该怎样谈论"爱"这个字？日复一日地在弥漫的粉尘里挥洒着自己的体力和脑力，用尽十八般"武艺"和那些学习不认真的学生斗智斗勇，多年来，我几乎厌倦了这种机械的生活。

然而当我经历了一场意外——也幸亏是这场意外，让我重新品味了源自职业的幸福。

那天晚上所受的伤实在不愿意和孩子们提起，但该死的是伤在脸上，我不得不请了一个星期的假。孩子们都以为我是去外地学习了，但是上语文课的老师一天天走马灯似的换了一个又一个，他们坐不住了，跑去追问班主任刘老师："钟老师到底为什么还没来上课？"刘老师招架不住，只好把我受伤的消息告诉了大家。

很快，我便收到了学生们发来的短信。其中杨晨这样写道："老师，您脸上的伤有没有好一些？您一定要尽快恢复原来漂亮的样子……"看罢，莫名感动。我的脑海中又浮现出一个胖胖的、梳了两个高高的牛角辫、嗓门儿又粗又大、性格酷似男孩儿的女孩子形象。由于她上课爱讲话，我没少批评她，也曾见识过她大大的白眼。一直以为她应该是怨恨我的，却不承想她第一个发来了信息。

还有一个平时沉默寡言，见了面连招呼都不会打的女孩子，用了很优美的一段排比句，诉说了她对我的想念："想念您给我们上音乐课，想念您的音容笑貌……"最后她说："您永远是我们最好的老师，我们爱您！"我的眼眶有些湿润。和孩子们相处快一年了，我的教学是惯常地严厉，虽然也经常放下讲课，口若悬河地与他们讲人生、讲理想、讲现实，但口气里更多的是一种训诫的意味。至于爱，我总以为，现今的孩子大多娇生惯养，不大懂得爱。也许，我真的是错了。

更让我惊讶的事还在后头。一天上午放学后，刘老师匆匆赶到我家来看我。这些天我不在，她真的是累坏了，嗓子比以前更哑了。她提了一个很大的水果篮，告诉我这是刘思明送给我的。她说刘思明一听说我受伤了，马上回去问他妈要回他六百元的压岁钱，要给我看病用。后来经大人劝说，才没拿来。又说要买水果给我吃，他妈妈想在摊儿上买，他却非赖着买了个果篮。

提起刘思明，我就会想起他在课堂上喜欢发言，却又偏好哗众取宠，惹人发笑。上学期期末考试的习作，全班就他一个人离题，洋洋洒洒写得最多却得了最低分。我和他的家长都长吁短叹，他却满不在乎，还热火朝天地练着他的乒乓球。我常常想，这孩子对学习有对乒乓球十分之一的热情就不得了了。但想归想，他依然应付着学习，醉心于练球。

此刻，我再次反思自己曾经的心态，不禁对自己的严苛产生自责。他是一个有自己的兴趣、对生活充满热情的孩子，而我却一厢情愿地只想着要他搞好学习，这是否真的就是为他好呢？

刘老师还告诉我，由班长朱玲琳牵头，全班同学凑了两百多块钱要给我买营养品，而且今天大家都想跟着来看我，被她劝住了。她问这钱是直接给我，还是买了营养品送我？我连忙叫她一定要帮忙把钱退回给大家，并替我谢谢他们。真不敢想象，这些孩子平时有了一点儿小钱，都恨不得立马买了辣条等零嘴儿吃掉。为了老师，他们却能够克制自己的馋欲，拿出自己不多的那点儿零花钱。

一周的假很快就过去了，感谢上苍，我的伤也好得差不多了，几乎没留下任何伤痕。我早早地赶去上班，前两节课是英语课，我正好有时间整理一下授课内容，就不上教室了。刘老师走过来对我说："你还是先上去一下吧，这么多天没来了。"我想想有道理，亮个相，说我没事了，也让孩子们放心。

走到教室门口，孩子们正起劲儿地朗诵英语单词，有几个孩子眼尖，看到我来了，悄悄抬眼望着我，眼睛里闪着亮晶晶的笑。上早班的英语老师陈老师善解人意地把我拉进教室，自己却退了出去。朗诵的声音一下子停了下来，教室里静悄悄的，六十八双清澈的眼睛紧紧地盯着我，盯着黑板看，眼角有掩饰不住的笑意。我回过头去，原来黑板上用五色的粉笔写着一排大字："欢迎老师回家！"右下角是一行小字："您是最美丽的老师，我们永远爱您。——六（6）班全体同学。"我的眼睛里瞬间蒸腾起一团雾气来，至于那些字上面怎样装饰着花边，我一概看不清了。我转过身来看着大家，一向口齿伶俐的我，此刻却嗫嚅着，不知说什么才好。记得只说了"谢谢，我已经好了"，就仓皇地逃出了教室。

朗诵英语的声音又整齐地响了起来，今天，他们似乎读得特别专注，特别认真。

下了课，钟雅琪来到办公室，恭恭敬敬地递给我一封信。等她离开办公室，我迫不及待地想看看信里写了些什么。只见信封的封口处别出心裁地贴上了一朵精致的小花，绿的花托、红的花瓣，好像在笑吟吟地瞅着我。拆开信笺，展信细读，才发现这封信原来是全班同学接力写就的，每人一句。除了表达对我的想念，祝我早日康复之外，更多的是他们对自己以前不懂事、惹老师生气等缺点的忏悔，还有一定会努力学习的决心。特别是那几个平时让我十分头疼的学生，竟然也发自肺腑地表示会改正缺点。读着读着，从前工作中所有的不如意，都在这一刻冰释了。很多时候，我抱怨他们刁顽，却少有等待花开的心情。

推开窗户，窗外是朗朗的晴空。

一切皆有可能

翻开《中国教师报》，"班级在线"里的一篇文章深深地吸引了我。《快来看，我的名字》这篇文章讲述了作者杜春蕾运用设立奖项的方法，使特殊学生杜琪峰转变的一段有趣的过程。杜琪峰，一个老让班级扣分的打架大王，在老师的用心关爱和不断激励下，最后变成了一个名字登上学校红榜的"文明传播员"。读罢文章，我被杜老师的细心、爱心及独特的教育魅力所深深折服。

回想自己的从教经历，我不禁惭愧万分。同样是一名班主任，我对待特殊学生往往是方法简单，缺乏耐心，很少去深入了解孩子的情况。当学生没有改变时，我总是抱怨孩子的无可救药，抱怨家长的不配合。杜老师的做法给了我极大的启发。我的班上每年都会有个别类似杜琪峰这样的特殊学生，我想：杜老师能做到的，我为什么就不能做到呢？

这时，我不由得想到了班里唯一的学困生杨威。

开学时，杨威是最后一个来报名的，陪他同来的是他的外婆，因为他的父母长年在外打工，所以他一直寄住在外婆家。我让他拿出暑假作业来，可是一看，里面几乎全是空白，偶尔做了一两道题，正确率也极低。望着积分栏里的三十八分，再加上他原来的班级的老师的介绍，我的心里充满了担忧。

开学后，学习委员每天都来报告："老师，杨威又没有交作业！"考虑到以往简单批评的办法大都以失败告终，我决定先摸清情况再找他。

经过一段时间的观察，我发现他最大的特点就是不讲卫生，经常是头不梳脸不洗就来上学了，可以想见他是多么缺乏父母的关爱。这一天，我带了一条新毛巾到学校，把杨威叫到了办公室的洗手池边："来吧，我帮你洗脸。"杨威犹豫了一下说："老师，我自己会洗。""那好吧，会洗就自己洗。"杨威在水龙头前认真地洗净了脸，一脸迷惑地望着我。我说："看，洗净了脸多精神哪！你以后能天天洗脸吗？"杨威点点头。我把新毛巾送给了他，并告诉他明天要是洗了脸就给他盖一枚卫生章。

第二天，杨威早早地来到学校，脸洗得干干净净的。当我在他的名字后面盖上第一个鲜红的印章时，他既腼腆又兴奋。我把杨威叫到一边问："你想得到更多的红印章吗？"

"当然想。"他毫不犹豫地说。

"那你能每天交作业吗？"

"可是我不会做。"他诚实地回答。

165

"不会做可以请教同学、请教老师呀！"

"我不好意思问。"

是呀，他不会做，又不敢问，怎么交得了作业呢？想到杜老师的"高招"，我心里忽然有了主意。

班会上，我以"互帮互助，共同进步"为主题，提议在班上设立"帮扶奖"和"进步奖"，要求学习好的同学帮扶一名学习有困难的同学，到时将给表现突出的小老师和小学生颁奖。同学们一听，顿时情绪高涨，特别是和杨威同桌的副班长，主动请缨担任杨威的小老师。因为我说过："学习越困难的同学，进步的潜力就越大。"

这以后，杨威不懂的就可以名正言顺地请教小老师了，小老师更是为了让他进步，不遗余力地帮助他。课内课外，经常能见到他们一个在认真讲解，一个在认真倾听。我心里十分高兴。

时机成熟了，杨威已经连续三天交上了作业，我为他们颁出了第一个"帮扶奖"和"进步奖"。杨威领奖时抑制不住内心的兴奋，开心地笑了。那一天，他竟然第一次举手发言了。尽管他说得并不准确，但我依然在全班赞赏了他发言的勇气。

杨威似乎感觉到了我对他的"厚爱"，他感到在班里特有"面子"，渐渐变得活泼、开朗、自信了。他还时不时地往我身边凑，我问到班里的一些情况时，他总是第一个跑来向我汇报。期中考试，他出乎意料地考了七十多分，这可是他平时分数的两倍呀！我给他的家里发了一张大红的喜报，他那远在广东的妈妈打电话来说："老师，我真不敢相信杨威会有这么大的进步。"

是呀，我也没有想到一次真心的关爱、一份真诚的鼓励，会有如此神奇的魔力。如果我只是一味简单地批评他，严格地要求他，那么今天的杨威也许永远只是一个没有成绩起色的学困生。一次"柳暗花明又一村"的结局，让我对以后的教学充满了信心。

用心去做，一切皆有可能！

铭记一生的 "尴尬"

当了十余年的语文教师，我一直对自己的语言文字功底颇为自信：普通话二级甲等水平，参加省市级的基本功大赛屡屡获奖……教小学语文，还不是小菜一碟？我一直这样认为。

然而，正是这种过分的自信，造成了一次足以让我铭记一生的"尴尬"。

那一年，我教的是五年级的语文。虽然学生刚接手不久，但是很快地，他们就一步一步地接近了我的培养目标——用标准的普通话朗读课文，用规范的笔画书写汉字。我一向关注细节，要求严格，并以身作则。孩子们出于对我的敬畏，也十分听从我的教导。期末考试快来临的时候，我们进入了紧张的复习之中。按照以往的经验，我照例将一些难写易错的生字词挑选出来，示范着写一遍，以加深学生的印象。那堂课上，我从"词语盘点"中遴选出十几个词语，一笔一画端正地板书出来，要学生当堂练习。其中有一个词是"尴尬"，当时我几乎没怎么细看书本，就想当然地给学生讲解开了："'尴尬'是半包围结构，先写一个'九'字，再写里面的'监'和'介'"。说完，我还让大家跟着我书写一遍，然后让他们临摹。教室里静悄悄的，孩子们是那样认真地练习着，"一笔撇，二笔横折弯钩"，每一个学生都牢牢地记住了黑板上那个大大的"九"字。他们是那样地信任我，没有一个人照着课本去写，也没有一个人发现问题，更没有一个人质疑。一个由我一手"导演"的错误就这样深深地植根在了孩子们的脑海中。如果没有后面的一次考试，也许还将植根一辈子。

事情往往就是这样无巧不成书。期末考试的试卷上，第一题"读拼音写词语"，赫然印着"gān gà"这两个音节。看到这道题目的时候，我甚至自鸣得意：这个词语我专门复习了，应该不会有几名学生写错吧。然而等试卷由年级交叉改完以后，我却大吃一惊，在我班学生的试卷上，所有写有"尴尬"的那个地方，无一例外地打上了鲜红的叉叉。这是怎么回事呢？和同事一番交流之后，我匆匆地翻开课本，才发现那一笔小小的横原来是出了头的。为了进一步证实，我又查看了《新华字典》，在部首查字法的一栏上，清清楚楚地印着"尴尬"的部首是"尢"。天哪！我登时脸涨得通红，悔恨、无地自容交织在我的心中，让我恨不能有个地缝好钻进去。

更为难堪的是发试卷的时候。当孩子们看到那个鲜红的叉叉时，全都炸开了锅，他们七嘴八舌地举着试卷问我："这个'尴尬'怎么错了呢？"我望着他们激动的眼神，示意他们安静下来。然后，我一字一顿地开始了我的道歉："同学们，对不起，你们这次的失误，是由于我的错误造成的，是我太自以为是了。我会把这次的'尴尬'当作教学生涯的一个教训，一辈子记住它。也请你们记住它，并在以后的学习中，学会观察，学会质疑，而不是完全地相信老师，相信权威。"说完，我拿起粉笔，在黑板上端端正正地写下了正确的"尴尬"二字。孩子们分明看到了我眼睛里闪动的泪花，他们肃静下来，一笔一画地在试卷上订正那两个曾经以为正确无比的错别字。我想，这"尴尬"，我记住了，他们也一定记住了。

从那以后，我对于教学再也不敢凭印象、想当然，而是更加认真地钻研教材，并不断地提升自己的语言文字素养。因为我知道，唯有这样，才能免除"尴尬"，不至于误人子弟呀！

被时光雕刻的学费

一

记不清是第几次看到这样一个母亲的眼泪了。在她红红的眼圈里，有着我无法说出的疼痛。

八月的风吹过简陋的片石房，她站在家中唯一的机械——打谷机旁边，手里拿着红包，絮絮地说着感谢，说着她的艰难。丈夫已经伤残，三个孩子中最小的一个，今年也要上大学。门前的禾苗正泛青，如此茂盛地昭示着希望。但学费，却是一道一直难以启齿的伤。她说："做得很苦的时候，也不敢跟儿子说，怕他分了心。"

和某企业负责人一起，去完成一件"雪中送炭"的义举，我的心中始终满溢着慈悲的情怀。今日，三千元于我，于企业，或许只是一个带着些许柔软的数字，但是对于一个艰辛的母亲而言，却足以勾勒出无比葱茏的憧憬。

二

转过身来，我仿佛又看见了站在麦菜岭山岗上朝我挥手，目送我踏上求学之路的母亲。

那时候，我身上揣着沉甸甸的学费，第一次走向远方。母亲将装钱的口袋缝得紧紧的，叮嘱了一遍又一遍。我沉默地抿着嘴唇，抬起头来，看见母亲泛红的眼睛。

我认为我是懂她的。从记事起，她和外婆之间言语冲突的画面连缀起来，可以成为一场电影，但貌似强势的母亲总是以哭泣收场。因为六角钱的报考费，成绩拔尖儿的母亲止步于小学毕业，连小升初的升学考试都没能参加。老师的游说和母亲的眼泪都没能打动外婆，她需要的，只是一个得力的帮手。后来村里凡念过初中的女孩子，全都招工进了城，母亲的心一次又一次地被那些喜气洋洋的面庞刺痛。这种痛，像不断生长的青草一样，绵延了几十年。

后来，母亲终于认命，并不再挣扎。再后来，她有了哥哥和我。她把她曾经的挣扎和渴盼，一点儿不剩地喂哺进我们兄妹的生命里。直到师范学校的录取通知书打破了整个村庄的宁静，直到我成为全村第一个跳出农门的孩子，直到母亲坚持多年的梦想终于变成现实。

于是，那一场送别便被赋予了别样的意味。母亲的手，挥了又挥，她的影子越来越小，渐渐变得模糊。终于看不到的时候，我又一次小心地摸了摸兜里的学费，忽然双手捂脸，泣不成声。

三

直到今天，父亲那本记账本的样子仍清清楚楚地刻在我的脑海中。棕色的硬封皮，打开第一页，上面赫然印着毛主席语录："我们的同志在困难的时候，要看到成绩，要看到光明，要提高我们的勇气。"

账本上，记载的全是借钱交学费的数目。父亲的字是标准的仿宋体，郑重地，一笔一画工工整整地记着：同来三百；贺春二百；明亮五十……我还记得，1994 年 8 月的一个晚上，因为我的升学，全村的父老乡亲团团地挨挤在我的家中，不啻召开一次隆重的盛会。

"闺女，你总算把手里的锄头柄扔了呀。"他们都这样感叹地说，我只是腼腆地笑。暗暗地摊开手来，十个厚厚的老茧像十只眼睛定定地看着我，望穿了八年刻苦学习并辛勤劳作的岁月。我知道，父母亲双手上的老茧比我的还要厚，还要硬，正如他们那晚的笑，比我还要爽朗，还要灿烂。

父亲一遍一遍地为大家添着水酒，脸上是两圈略带醉意的酡红。他是一个要面子的人，所幸那些同样贫穷的乡亲，都没有拒绝他讪讪的请求，倾其所有，将那个夜晚点亮，托举起那个闺女和他们不一样的人生。

此后的几十年，无论村里谁家需要帮助，父亲总是义不容辞。在最困难的时候，是他们给了他勇气，让他看到了光明。

四

在进行接下来的叙述时，我枯坐了很久，因为我进入了一段阴霾般的记忆中。我本想绕开，说一些光明和温暖的往事，但是那对姐妹浮出水面，用肿胀凄凉的眼神望着我。或许，除了我，将不再有任何人为她们留下只言片语。

同样是因为学费，她们的故事却是破碎的、崩溃的、黑暗的，让人不忍讲述。

在哀求无果的一个午后，一对花朵般鲜嫩的姐妹，她们感到了绝望，决定让自己凋零。水库里的水沉静、冰凉，有着吞没一切的力量。她们手拉着手，一点一点地深入，最后抛弃了渴望，抛弃了抗争，抛弃了整个世界。

我仍然记得她们被打捞上来的样子，脸色苍白，平躺在岸上，胸部已经蓓蕾初放。但是无论人们如何摆布，她们已经不会拒绝，不再羞涩了。我想到她们即将被泥土掩埋，忽然感到浑身冰冷、颤抖。我疯狂地在大地上奔跑，最后被草藤绊住，摔倒在地。

仰望蓝天，天空无言。我惶惑、恐惧，不知道谁对谁错，只是忽然觉得，生活是那样地漏洞百出。

五

显然，和大部分农村孩子相比，我有着足够的幸运。

从小学到初中的八年时光里，我不止一次地经历着分离。麦菜岭的小伙伴，一个一个地辍学了。先是建华，然后是森林，最后是伟明。他们不再在清晨五点大声地呼唤我的名字，邀我一起去晨读；不再在有着几许诗意的夜晚的月光下，陪着我高谈阔论。导致这种结局的原因除了大人对读书概念模糊外，更多的还是贫穷。在填饱肚子成了第一要务的家庭里，学费终究成了无法蹚过的那条河。我的堂姐瑞香，勉强读了一个学期的初中，却连住校洗澡用的一个桶都买不起，只能黯然归家。十八岁，她便嫁作人妇。

于是最后，整个麦菜岭，只剩下我一个人孤零零地背着米袋，行走在求学的路上。

又一年开学的时候，我伸手朝母亲要钱。每当这个时候，我总是心怀歉疚，但她从来没有拒绝过我，她只是咬着牙对我说：“你给我发狠读，我就是砸锅卖铁也要供你读出来。”她的话，不止一次像石头一样砸在我的心里，沉甸甸的。

我发誓要成为父母的骄傲。事实证明，在读书方面，我的确让他们骄傲了很久。他们将腰板挺得很直，因长期劳作而黧黑的面庞，时常因为我获奖的消息舒展得像清早的嫩叶。

六

许多年以后，父亲偶然和我说起攒钱的一些事。他说他早预想到了困难，从我三岁起他就开始存钱。杀了猪，卖了粮，一分不留，全都存进了银行。每一张，每一笔，数目无论大小，存期都无一例外地指向1994年。因为存得久，取出来的时候，光是利息就让他大吃一惊了。

我看着轻描淡写、不动声色的父亲，一阵难过滚过了喉咙，噎住。就在前几天，我还抱怨过父亲，因为他总是把儿女给他的钱存成定期，并且存期总是选最长的一种，无论怎么讲道理都改变不了。

有一些习惯，是终身的。在明白这个习惯的起源之后，我的心火辣辣地疼。我仿佛又看到了1994年的父亲，面带笑容，用掘出宝贝一样的惊喜，一张一张地数着钞票，数着女儿的未来。为着那一天的到来，他不露痕迹地整整规划了十二年。

那是连荤腥味都很难闻得到的十二年，鸡蛋是不舍得吃的，因为可以卖钱。鱼塘里翻起一条死鱼，捡回来，可以是一场盛宴。只有逢年过节或家中来客了，厨房里方才飘出诱人的香味。

母亲一直节俭、隐忍，把物质的需求欲降至最低。她曾经想过很多主意赚钱。比如酿水酒卖，却终因不忍收取叔伯长辈的钱，亏本收场。她还挨家挨户收过废品，又不敢误了田间的庄稼，所得甚微。她带着我帮渔业厂割稻子，一天仅赚两元。最后，她养起了母猪，把一批又一批的猪崽儿养得身子滚圆，极有卖相，成为家庭的主要经济来源。

她呼鸡唤猪的声音圆润悠长，穿透整座村庄。她给猪清洁、垫草，挑去大桶的猪食，甚至慈爱地替它们捉虱子、挠痒痒。她发自内心地爱着它们，但和她把它们拉到圩场上换成钞票，似乎并不矛盾。十二年，她在抚摸着猪崽儿的屁股时触摸到希望；十二年，她在攒钱的方式和立场上与父亲无比地同心协力。

十二年，爱与坚守同在。天亮了，天一直在越变越亮。

七

有很长一段时间，家乡的那个小镇上疯传着我和军人谈恋爱的消息。我在镇上教书，写着我姓名的信件，像雪片一样飞来，全都寄自部队。

如果容许我赘述，这应该是一个很长很长的故事，中间的细枝末节也许能把人绕晕。直到现在，我总是于某个平静的日子，无端地想起他们来，想起那些我至今认为是最可爱的人。自然，信是他们写来的，只不过他们关心的不是我，而是一些付不起学费的学生。

当星星在校园的上空眨着暧昧的眼睛时，我身边的女友一个一个被她们的男孩带走。唯有我，安静地蛰居，种着我的牵牛花，写着永远也写不完的信，继续着人们传说中的那场"恋爱"。

事情的引子，也是信。一些军人，在《解放军报》看到了一则关于学校某个学生的报道，于是纷纷来信要资助贫困生完成学业。巧的是，我刚好接任了大队辅导员，这些信，于是转到了我的手上。我一直相信，一些人，一些事，冥冥中早就安排在你要经过的路上，只等着你走过去，握住他的手。认识他们，我从此有幸进入了生命中一份与众不同的美好。

我被一种前所未有的热情激荡，一个人骑着自行车走访了很多个村落，走进了很多户家庭。一场贫困生大摸底，似乎掀开了一个巨大的黑洞，带给我一份猝不及防的震惊。

我试着揣测写信人的偏好，把自认为合适的学生推荐给他们。我还记得，那时候学校的印油不是大红的，盖出来的章略显暗紫，我因此面临很多的质疑，甚至有人要求我打电话过去证实。彼时学校没有电话，需到邮局去打，长途很贵。我的工资是二百多一点儿，每个月的邮资和电话费占了一多半，除去伙食，只能交五十元给父母。

对父母，我有过很深的自责，但似乎有一种无形的力量驱使着我这样做下去，非这样做不可。写信的时候，若芙、钟详、长发……那些艰难挣扎在校园里的孩子，他们无助的眼神就跳到我的信笺上来，倾诉、流转，一点一点地打动了远方人的心。

那时候，我有的是顽强和坚韧，像一只护雏的母鸡一般，竭尽全力将他们聚拢在校园的羽翼之下。那些来自部队的汇款单，那些紧紧攥在手心里的学费，像飘扬的旗帜，载着希望在九月里飞。我承认，在那几年日复一日的鸿雁传书中，我收获了一场刻骨铭心的"恋爱"。

时至今日，我仍和一部分军人保持着或多或少的联系。想到他们，我就会想起如今流行的一个词——最美。

八

生活，总是向着美好发展。实行九年义务教育制度的消息来得很迅急，我几乎都没有做好热烈迎接的准备。但从此，我终于停止了很多年一以贯之的忧虑。

十年以后，我所在的城区重点小学已经不再重复昨天的故事。可是，我很快有了新的忧虑。那些被阳光奢侈地照耀着的孩子，他们还没有学会珍惜。我常常不得不停下课来，给他们讲从前的故事，那些被时光雕刻的关于学费的故事。他们也许会懂，也许永远不懂。

就像今天，我看着那个抹去眼泪的母亲，那个殷勤得让人心生不忍的母亲。其实，即使她什么都不说，我也能懂，但并不是在场的每一个人都懂。

逐光的少年

　　我常常跌入一个情节相仿的梦境：无边无际的森林，纵横缠绕的藤蔓，无处不在的精灵鬼怪，我孤身一人，在森林里呼喊、奔跑，拼命寻找一个出口，追逐着天边照进来的斑驳的光……醒来后，大汗淋漓。

　　那是童年时期，我被梦魇攫住，一次次挣脱又沉陷，没有一个夜晚能得幸免。一方面是身体虚弱所致；另一方面，也隐喻了我的困境和挣扎，以及对未知的无限渴求。事实上，那些画面的闪现，想象的漫溢，无不和我最初的阅读，也就是听故事有关。

　　在乡村，想要一本书是多么困难，绘本尚且没有，连环画也是稀缺的。整个麦菜岭，没有一个大人想过要为小孩儿添置启蒙读物，吃穿都拮据，哪有那闲钱？教育和培养孩子的观念，就更别提了。而我却天生不满足于困在一个小小的茧中，总是想着咬破它，去看更多的景观，听更多的声音。

　　我盯住了那些爱讲古的老人，他们长年在宗族的厅堂里坐着，谈天说地，时不时吐露一个远古的传说："钟馗捉鬼""夸父追日""精卫填海""包公断案"……那些妖魔鬼怪、神灵护法，那些英雄好汉、奸佞小人，那些祖先的传奇、跌宕起伏的故事……常常让我听得入迷，又害怕得不敢回家，不敢在黑暗中入睡，仿佛空气里随时将走出一个骇人的鬼魂。怕归怕，故事的滋养，却为我开启了一扇广阔之门。

上学识字后，我开始了目标更为明确的阅读。但凡有字的纸张和书本，都要千方百计搜罗来读。我在父亲的大壁橱里发现了一摞手抄故事书：线装的小开本，泛黄的纸页，整整齐齐的楷书，还精心制作了手绘的封面。第一次打开，读到《九色鹿》的故事："恒河旁边，住着一头鹿，它的毛有九种颜色，它的角像雪一样白，异常漂亮。"我被深深地吸引住了，不能自拔。像拾到宝贝一样，我将这些手抄本悄悄地藏起来，一有空，就如饥似渴地读。

啊，那是一个多么丰富的童话世界。善良的、邪恶的、诚实的、狡猾的、勤劳的、懒惰的……各色人等，各种会变化的动物植物，给予我无限的想象空间。夜晚母亲回来得晚，夜色像一张黑幕布围住了屋子，我在焦躁不安的等待中，总是担心母亲被有魔法的狼或狐狸擒住，再化身母亲的样子回来吃我。等她终于走进家门，我小心地观察着这个母亲和平时有什么不一样，心想她会不会突然扑过来捉住我，露出锋利的牙齿。母亲在厨房里点上煤油灯，开始张罗晚饭，我借着灯光看见她的影子，这才暗暗放下心来。

幸运的是，父亲虽然不曾专门为我置办课外读物，却是个惜书如命的人。他一定也吃够了没有书读的苦头，才会耗费大量的时间和精力去抄书，并视若珍宝地保存了几十年。后来，他在能力允许的范围内，又购买了大量经典名著。在 20 世纪 80 年代，他拥有的图书，数量超过了乡里的很多教书先生。如今回想起来，我偷偷拿了钥匙窃书看，他应该早就有所察觉，只是不点破而已。

打开壁橱，仿佛有光自头顶倾泻而下，我东奔西突地想要捉住它们。那是我唯一的宝库，似乎总是取之不尽，用之不竭。彼时学校作业不多，教育差不多是半放养式的。我有大把的时间，不加选择地搬出一本又一本，狼吞虎咽地读。繁体版的《西游记》《红楼梦》《水浒传》《三国演义》《儒林外史》《老残游记》……生僻字太多，我半猜半悟，一知半解，仍旧读得津津有味。我想象着刘姥姥撇着嘴的样子，想象着林黛玉弱不禁风的样子，想象着有一个世外仙境，想象着有一个独立的王国……那无穷无尽的想象，那形形色色的人物和故事，恰似照进我生命中的光，点亮我，照耀我。

有一天，我在父亲的壁橱里发现了一本叫《电影创作》的杂志，那应该是父亲单位订阅的，里面刊登了许多电影剧本。就在那一天，我读到了至今仍记忆深刻的剧本《边城》。诗一样的语言透出淡淡的忧伤，在那个遥远的水乡，有哗哗的流水、袅袅的炊烟、忠实的家狗、善良质朴的人，还有老去和消逝、迷茫与向往……我仿佛一瞬间长大了，一切都是那么美又那么令人伤感。故事在一个开放的结局中戛然而止，我多么想知道翠翠将走向何方。我抄写下剧本中大段的场景描写，在今天看来，那就是精致而唯美的散文诗。

彼时我已上初中，《边城》给予我的这道光，已不仅仅是照亮，而是燃烧。那应该是我对文学，对语言之美和人性之美的最初领悟。没有人告诉我应该树立一个怎样的理想，而我已经萌生了当一名作家的愿望。我想像沈从文那样，写出搅动人心和灵魂的文字。

许多年以后，童年的梦魇早已远去，我只是顺着那道光一直走一直走，成了一个写了很多作品、拥有很多读者的作家。许多读过的书，我已经忘记，唯独不能忘记的，是那种对书本孜孜以求的渴望。

而那个曾经的逐光少年，正无限接近那道光。

不曾辜负的人生美意

我对陕北的想象长久地停驻在一位作家以文字构筑的大地上。贫瘠干渴的黄土高原，面容粗糙的庄稼汉，怀抱理想而拼力进取的农村青年，纯朴善良又甘愿奉献的乡村女孩儿……直到我站到了位于延川县郭家沟的一个普通院坝里，以朝圣者的姿态，去寻访一位已故作家在人间留下的气息和印迹。

是的，您一定猜到了，路遥和他的《人生》。

可以想见，作为承载过路遥童年、少年、青年生活的故居，这里曾经一定充盈着他的欢笑歌哭、深沉思索。窑洞、碾子、水井、土炕、矮墙，那些来自他的生活，又进入小说中的常见物事都还在，只是四周阒寂无人，仿佛此刻的我，正沉浸于对往事的追忆之中。

那是 20 世纪 90 年代初，我捧着一本借来的《人生》，躲在一个无人的角落，迫不及待地翻动着那些已然破旧的书页。这片黄土地上，有高加林的气愤难平、意气风发和沮丧失落，也有刘巧珍的甜蜜欢乐、失落隐忍和绝望放逐……那时候，一个出生在农村的人，从一开始就被命运的紧箍咒牢牢套住。摆脱农民身份，在城市拥有一席之地，成为数代农村人遥不可及又不断奔赴的目标。

随着高加林命运的跌宕起伏，我的心里也在不停地翻动着喜怒哀乐这四张牌。在一个近似悲剧的结局中，小说戛然而止。高加林最终没有实现他的抱负和理想，而是回到了那片土地，并且永远地失去了最爱他的巧珍。这是属于他的人生，拼尽全力也无法改变的人生，也是属于那个时代农村人的人生。

虽然路遥的一句话给了读者以抚慰："大地的胸怀是无比宽阔的，它能容纳了人世间的所有痛苦。"但我还是感到了悲伤。懵懂的青春少年，突然不可遏制地联想到了自己的人生。若干年后，我会重复父母的道路，困在土地上刨食吗？还是去往无数年轻人向往的城市，过一种截然不同的生活？

彼时，我还在乡里上初中，作为一个地地道道的农村孩子，我明白农民所有的艰苦。清晨四五点出门，奔走几十里山路，砍回几十斤柴火，忍着饥饿与疲惫，直走到傍晚才能归家；去山脚下的小溪里担水，摇晃着边走边洒，一遍一遍，直到把水缸填满为止；寒意蚀骨的秋天，在深水田里割晚稻，直到从泥泞中拔出身子，双腿已冰冷而僵硬……最重要的是，农民劳动的价值如此廉价，仅勉强够填饱全家人的肚子。

我比照着小说主人公高加林，第一次认认真真地思考自己的未来。念书让他拥有了骄傲与梦想，我也一样。可他终究没能破茧成蝶，我呢？老师和父母一再训育我，只有发狠读书，才能改变命运。没错，我所处的时代，毕竟比高加林有了更好的出路。幸运的话，一所乡村初中，每年总有那么一两个孩子能考上中专，就此跳出农门，成为时代的宠儿。这是我要追逐的路，也是唯一的出路。

可是，山沟沟里飞出金凤凰，百里挑一，过独木桥，哪是那么轻而易举的事？读书，要天分，更要吃苦。就在我们的上一届，初三毕业时没有一个人考上中专，考上重点高中的也只有一个，老师们都唉声叹气："唉，剃了个大光头。"他们加倍严格地对待我们，害怕重蹈覆辙："别学上一届，自以为聪明，不肯苦读，考不上只能回家种田。"因为成绩一向不错，班主任把我当作了冲击中考的苗子，时不时地敲打敲打。

在人生的舞台上，我默默地背负着属于我的第一份生命重负。挑灯夜读的同学很多，我确实做得还不够，身体也不是太好。长期的营养不良，导致我长得瘦弱、矮小，容易感冒，容易疲乏。可是父亲明确告诉我，要是考不上师范，就回家，别指望他供我上高中。我知道，家里太穷了，他们自然没有能力让我去赌。即便上了高中，花费了一大笔钱之后，谁又能保证我能考上大学呢？

也许，正是切断了所有的退路，反倒让我振作起来。一方面，我每天去操场跑步，增强体质；另一方面，我和那些努力的同学一样，长久地停留在教室里，攻克一个又一个难题。每当太苦太难的时候，我就想起《平凡的世界》中的一句话："人的生命力正是在这样的煎熬中才强大起来的。"

1994 年夏天，我如愿考上了师范学校。村民们都羡慕地说："你可真是将锄头把给扔了哟。"当父亲领着我去迁粮油关系时，我知道，我已成功地改变了命运。在师范学校，我打开了人生的另一片天地，悄悄地做起了文学梦。我到处找书看，参加文学社，写一些理想中的文字。和我心目中真正的作家路遥相比，我的梦还很不切实际，也许，我还要像他那样，将文学的根系扎进家乡的那片土地里。

三年后，和高加林一样，我又回到了家乡。不同的是，我成了一名正式的乡村教师。工资很低，在乡村的日子寂寞而清苦，但我满怀热情地投入到工作中。过了五年，我抓住了全县第一次公开选调教师进城的机会，以优异的成绩来到城区最大的一所学校任教。在教书的闲暇时光里，我没有放下写作的理想，而是不停地阅读着，思考着，笔耕着，直到发表的作品越来越多。2013 年，瑞金成立了全国第一个县级文学艺术院，我凭借成绩成功调入，又一次改变了命运。再往后，我加入了中国作家协会，公开出版了自己的作品集，第一部作品集《天空下的麦菜岭》，便以家乡的那片土地命名。这些年，我还用稿费回馈着那个曾经贫穷的家庭，让父母过上了舒心的日子。

今天，当我以作家的身份来到陕北大地，拜谒路遥故居，不禁回想起少年时阅读《人生》的种种心情。坦率地说，我人生中的一次次转折，无不印证了路遥所言："生活总是这样，不能叫人处处都满意。但我们还要热情地活下去。"

和高加林相比，我是如此幸运。曾经，时代之手将一个有知识有能力的青年拖回贫瘠的土地；如今，时代的车轮载着我奔向无尽的远方，我可以张开双臂，拥抱更好的明天。我想，若高加林生在这个时代，想必会是另一种结局。此刻，我多么希望路遥还活在世上，可以亲口对他说一声："谢谢你，我不曾辜负人生的美意！"

从路遥故居出来，我看见一树树粉的、白的槐花映衬着蓝天，一株株砍头柳顽强地伸长新枝，一丛丛自由生长的青草覆盖在黄土坡上。如今的郭家沟，处处绿意繁茂，早已不是从前的郭家沟了。

寻找生命中的"金牧场"

我看见了唯我才能看见的美好，于是我追逐着一次又一次地启程了。

——张承志《金牧场》

一顶深灰色的鸭舌帽，一对标志性的浓眉，我有一些恍惚，是他吗？是那个无数次在照片中、在文字里神交过、崇拜过的作家吗？

直到他摘下了口罩，抬起眼睛，那对象征着桀骜不驯的长而黑的眉毛，那深邃的似乎隐藏着无数秘密的目光清晰地显露出来，我终于可以确认，眼前这位高大挺拔的老者，正是张承志。

多年前阅读《金牧场》的情景，如翻滚的波浪，又一次浮现在脑海中。

20世纪90年代，念初中的我正经历着青春期的敏感。对未知世界充满无限渴求，却又受限于课外读物的无比贫瘠。大约是一次语文考试的成绩优异吧，刚刚从大学毕业，满腔理想还没有被现实磨损的女教师，按照事先立下的规矩，允许我在她并不丰富的藏书里挑选自己喜欢的书籍，不限借期。

为什么一眼就相中了它？那时候我对张承志尚一无所知。只是封面上，那金色的向日葵如一团烈焰灼烧着我的目光，似乎有一个浑圆的耀眼的魔洞，挟带着强烈的磁场，吸引着我去深入，去奔赴。

那是 1987 年版本的《金牧场》，我借走了它。

学业繁重如斯。彼时，一个农村的穷孩子，跳出农门的最好方法，是在初中三年苦读狠读，考上可以转为城市户口，可以享受各种补贴，可以直接安排工作的师范学校。这算不算一个梦想呢？也许更多是基于长辈规训引导，默认并接受的现实之一种吧。

而向日葵指引着我，奔向那个由文字构筑的魔洞，一发而不可收。骏马、草原、河流、大雪、远方、长途跋涉的人……我不认为我完全读懂了它，故事错综复杂，远在我的理解能力之上。然而那字里行间张扬的生命激情，那斩钉截铁的态度，奔放如一万匹奋蹄的马，是那样充满力量，充满不可抗拒的诱惑。

"人生是一场永远的迁徙，路途遥远需要负重远行。"唉，十二三岁的年纪，我从未涉足过远方，仅仅在小小的乡村这个范围内转圈儿，劳作、上学、饥渴、挨骂、哭泣，偶尔享受一点儿欢欣与骄傲。这是否正是我生命旅途中必经的坎坷？而迁徙呢，远方呢？又在哪里？

我一次又一次地背诵着文中的一句话："请带我也去吧！我也有那样的梦！"是的，我确信我拥有了真正属于自己的梦。编织一个梦，有时需要一生，有时仅仅在灵魂被触动的一刹那。那个梦是什么呢？依今天的眼光来看，应该就是文学的小小胚芽吧。我像被施了魔法，兴奋地沉浸在一部似懂非懂的长篇小说中。那些句子，那些情绪饱满甚至鼓胀的叙述，与我从前的阅读经验迥然不同。

它催促我，拔高我，像是要在我生命中种下一棵速生的树。我开始写日记，写下心中懵懂的、不能确定的情绪。有时，也像书中写的那样，对不平之事狠狠地骂一句。我想象一个属于我的牧场，它宽广辽阔，百马奔腾，值得我用一生为之奔赴，就像文中的阿勒坦·努特格那样。我在心中暗暗发誓，即使失败，即使远方一无所有，也要"九死不悔地追寻着自己的金牧场"。

除了写，除了不停地写，似乎再没有别的什么可以让我如飞蛾扑火般投入其中。如今想来，它们多么稚嫩哪，絮絮叨叨，词不达意，目光所及之处是那么狭窄。而我却视若珍宝，每天将那本硬皮抄锁进箱子里，像守护着一片青草茂盛的草原。

腼腆又木讷的我，克服了种种心理障碍，找到高年级的学长，加入了铜钵文学社。我捧着铅印的简陋社刊，阅读着学长们扬起理想风帆的诗行，做梦都想着有一天，我那些不可示人的文字也可以变成铅字。我还挤出少得可怜的零花钱，买来信封邮票，给当时唯一能接触到的中学生刊物投稿，虽然每一次都是石沉大海。

英语老师、数学老师、政治老师、化学老师、物理老师警觉地发现了我的异常，他们时不时地敲打我，晓之以中考的厉害。最后，就连语文老师也抛弃了她的初衷，悄悄提醒我要处理好兴趣爱好与课业的关系。我紧抿着嘴唇，无法辩驳。

父亲听说了我成绩退步的消息，震怒万分。他忍住了揍我的冲动，一边慷慨地沽来酒，请求老师们对我严加管教；另一边，他竭力以诚恳的姿态，与我作了一次深刻的谈话，条分缕析地将一个农村孩子的前程和命运对我进行了解释。我承认，他说得对，不远处的未来，稍微张开眼睛就能看见。现实如此真实地摆在面前，我要么继续在麦莱岭握住宿命般的锄头；要么像许多还未发育完全的女孩子那样，去往沿海城市的工厂打工；要么就听老师的，发奋念书，考上师范，成为全乡为数不多的幸运儿之一，毕竟以我的成绩，这并不是登天之难的事。

那一天，我同时感受到了蒙古额吉的凝视，要忍耐，要镇定，如她那样，忍得下残疾、风暴和加诸于身的灾难，才能奔向理想中的瑰丽牧场。更重要的，我从燃烧着的极致渴望中，看见了一条朝向它的必由之路：走出去，走出这片小小的天地，去更大的地方上学，去读更多的书。我梦想着，那绚烂的向日葵会在师范学校的校园里，朝我招手。

其后的历程无须赘述。我如愿考上了父母和老师一直期盼的师范学校。

在那里，学业考试和基本功练习变得轻松而容易对付。学校鼓励每一位学生发展自己的兴趣爱好，书社、文学社、音乐社……各种社团都在如火如荼地开展着活动。阅览室、图书馆每周七天对我们开放，那是我在熟悉校园环境之后，寻觅到的两座水草丰美的"金牧场"。是的，我的生活费何其有限，偶尔的一两次购书已极尽奢侈，而校园里丰富的藏书，恰好成为我可以日复一日不断掘取的免费宝库。

在那些如蜜蜂采蜜般愉快的阅读时光里，我安静、孤单、而又自在，常常不由得想起《金牧场》中小林一雄的歌：

> "那时候，好像一切是那么神奇，是真正的愉快，就像今天的孤寂。呵，究竟为什么，我会坐在这里……"

我对写作的热爱与擅长很快在班级里显露出来。出黑板报时，他们选用了我的诗歌，书写在醒目的位置。然而没过几天，我在学校的广播里听到了它，被冠以另一位同学的名字。原来，她借着出黑板报的机会，将它占为己有，并为了收获某种虚荣，将稿子投给了广播站。之后，她成为广播站在一年级新生中吸纳的第一批采编人员。

"在你的眼瞳里，正清楚地映着一个我。就像枣树的枝上又长出了嫩芽，我也会变得坚韧和长生。"小说里没有旋律，我哼不出小林一雄的歌，然而我却顽强地记住了那些歌词。我知道，那位同学会将诗歌抄袭事件当成一个永不示人的秘密，我也会。她一定无数次侥幸地想，只是播出了一遍而已，对方应该没有听到吧。她不会知晓，我洞悉并完好地保存了这个秘密。

是的，我当作什么都没有发生，只是不再轻易将作品交给别人。没过多久，广播站、文学社、校报的门统统朝我敞开。我扑了进去，不带一丝犹豫，像扑进几年前由向日葵制造的那个魔洞。我拥有了真正被印成铅字的作品，师范的样报、文学社社刊，印刷设备和质量比初中时强多了。我的名字经常出现在广播里，我还隐隐感觉到身后有不少追随者羡慕的眼光。那时候，我的眼前总是映现出那朵浑圆的金色的向日葵，它正在世界的某处，恒久地将我照亮。

会不会有一天，我也成为一个发光体，将别人照亮呢？我常常这样想。

在冗长而规律的生活里，我早已习惯于观察、记录。没有人教我应该怎么做，我只是在一次一次的细节阅读中，敏锐地捕捉到了这个方法。有时候，我会在纸上记下自认为有趣的同学言行。我的同桌发现了它们，并感到怨愤，因为那上面记载着她蹩脚的普通话。她向班主任投诉了我，期盼得到老师的支持，以阻止我这种在她看来无比可笑又可恨的行为。可是她没有等来所谓"正义"的伸张，班主任只是对她笑笑，说了一句至今想来仍让我无比熨帖的话语："人家是在积累写作素材，你不要管那么多。"

才艺被看到，兴趣被支持。师范三年，似乎是生命中难得的最靠近理想的时光。

此后，我从理想主义的土壤中抽身，回到家乡，度过了十四年从乡村到县城的教书生涯。我曾经投注了大量的生命热情、爱和帮助，希望讲台下会闪现出星星点点的文学小火花。然而严格的作息、繁重的工作、琐碎的事务，一日一日蚕食着我的时间乃至自由。那时候，教育系统相当于一个闭环的内循环系统，进出与调动都无比艰难。就像一座围城，城外的人想冲进来，城里的人又被困得身心疲惫，没有人可以轻易打破它。

尽管如此，我仍坚持阅读和写作。天知道，这时候我有多么孤独。单位希望我以工作为重，家庭希望我做一个贤惠的妻子和母亲。我没有一间独立的书房，甚至连一张专属于自己的书桌也没有。我规规矩矩地工作着、生活着，"金牧场"在哪里？难道我将永远失去追寻的道路和勇气？

每天清晨，我背诵着一句话："此刻，醒来的他的心里，永远飞驰着一匹白马。"我想让自己仍然感受到一种生命的召唤，抚摸到那一匹虚拟的骏马。"谁会像你这样呢？"他们说。我在心里回答："因为没有别的人会写，所以我要写。"

偶尔有作品见诸一些报刊，它们成为我长途跋涉中唯一的安慰。正如驾着牛车艰难迁徙的队伍，走在通往"金牧场"的路上，充满着这样那样的难处，却又终究顺理成章地朝前走着。

2006年，作家出版社重新出版了《金牧场》，我毫不犹豫地买下了它。多年后的重新阅读，使我对小说的线索有了更清晰的理解。牧民生活、知识青年插队、访古科研、在日本的学者，错综复杂地交织在一起，有血泪，有痛悔，有挫折，有失败，却无不闪现着金色的理想之光、希望之光。

翻过了多少座高山，蹚过了多少条河流哇，那青青的草场终于出现在我的眼前。一个消息被人们奔走相传，瑞金成立了文学艺术院，这在一个县城里，几乎是个爆炸性新闻。当然，这缘于一个有文学情结的官员的意志。"道路已经焦急。我该背起行装了。"我知道我不能失去这个机会，不管这个新成立的机构将怎样削减我的待遇，我终究离文学又近了一步。

我捧出厚厚的发表的报刊和一长串的文学成绩。我以为一切都胜券在握，毕竟整个县城，可以拿出这些东西的，再没有别人。然而我又一次被现实教育了，批准考察的四个人当中，没有我。自然，他们也是文艺爱好者。

抱着孤注一掷、破釜沉舟的心情，我又将材料送到了前述有文学情结的主要官员案头。就像迁徙的牧民，用他们被风雪吹红了的眼睛，紧紧盯着前方，相信前面必定有一片可以纵马奔驰的草场。一如小说中所言："希望是人的本质。"

谁能相信呢？我竟然成功了。

终于可以名正言顺地写作，并且不被任何人视为不务正业了。我多么像刚刚进入阿勒坦·努特格的蒙古额吉，胸中长长地舒出一口气。事实上，情况并没有我想象得那么简单，主管部门的领导找我谈话："我们招的不是作家，是工作人员。"我沉默不语，因为我心中早已有了倔强的打算。无论何人何事，都不能打消我继续写作的念头。派我去驻村，我就在村里写；让我做创城工作、棚户区改造工作、交通志愿服务工作，我就利用周末、假期写……

正如一朵向日葵的花开，所有的努力和光芒终将被看见。2016 年，我被江西省作协选送到鲁迅文学院高研班学习；2017 年，我加入了中国作家协会；2020 年，我的散文集《陪审员手记》获得第十二届全国少数民族文学创作骏马奖……

颁奖的时候，我捧着沉甸甸的奖杯，心中感慨万千。奖杯上，立着一匹耳朵竖立、目光深沉地盯视着前方的金色骏马。这是我的骏马，一匹命定的骏马。在跋涉的路途中，我终于遇见了它，而它终于归属于我，并将载着我继续驰骋在文学的广阔草原上。

从事写作的年月里，我的读者越来越多，他们通过文字寻找我、靠近我，获得人性的宽解，或者生命的抚慰。其中有一部分，深深地爱上了文学。每当此时，那朵金色的向日葵总是浮现在眼前。"从此我步入了不惑的成年。从此我永别了太长的青春。"我也是在照亮了，不是吗？

2020 年冬天，我第一次凭借在《人民文学》发表的长篇散文《古陂的舞者》，获得了第十一届丁玲文学奖散文类新锐奖。在获奖名单里，我看见了张承志，他获得散文类成就奖。主办方邀请我参加颁奖典礼的时候，我无比激动，如果这一次能够亲眼看见张承志，那该多好。

微信群里没有张承志，我忐忑着，暗暗期待着。直到，在报到处一眼认出风尘仆仆赶来的他。主办单位的欧阳纯子姑娘告诉我，张承志精通日语，他们初次联系时，张承志从名字推断她有日本血统，便从微信里发来一大段日语，让只有日语初级水平的她手足无措。我不由会心一笑，立即想起《金牧场》，想起那个访问日本、着了魔似的研究古文献《黄金牧地》的中国学者。显然，小说中隐含了太多张承志的个人经历和理想。

有许多年，我将张承志当成精神和文学的导师。我痴迷于小说主人公的执着、坚韧，那不灭的意志、燃烧的激情、永恒的信仰，还有对生命之力的无限崇拜，在我心中缠绕成一股难以言说的神秘之力。他的作品，涤荡我的灵魂，催促着我朝心中那个"金牧场"不断进发。

2020年12月10日，在丁玲故居前，我得以和张承志近距离地合影、谈话。他个子很高，微微地弯下了上半身看着我，目光里充满了对后辈的慈爱与鼓励。那温煦的笑意、宽厚的迁就，与我从前在照片上获得的印象区别很大。或者，时间和文学赐予一个人的，除了倔强，还有和解。

我忽然觉得，他更像一个父亲。没错，他比我的父亲年长一岁，当得起父亲这个称谓。二十多年来，他离我既如此遥远，又如此切近。他比我的父亲更强有力地将我领向了生命中的"金牧场"，虽然，他对此一无所知。

捉住时间泄露的光斑

我喜欢于夜幕降临之后，坐在屋背后的崇顶禾坪上，听风从山的外围吹过来，然后，默默地与村庄一同进入静谧之境。乡村的夜晚拥有着世界上最澄澈的内容，深蓝的天幕，满天的繁星和皎洁的月亮，安静、空旷，能够听见万物的呼吸。这样的场景，持续了从童年到少年的十几载光阴。

许多年以后，当我在书桌前坐下来，码字，回望，或憧憬，忽然发现，那些仰望星空和俯瞰大地的时光，已经深深地扎进了写作的根部。如果要找到写作与时间对应的关系，所有的经验都应从童年出发。那些一个人独坐的夜晚，那些山川、河流、蚁雀、人家，以及黛青色的屋顶，从时间深处泄露下星星点点的光斑，照亮我，濯洗我。当我伸出手来试图捉住它们时，便是我开始写作的时候。

是的，当我第一次接受当地一个内刊的约稿，铺开稿纸，写下万字散文《比如童年》的时候，就像乡村澄澈的夜空又一次铺开在我的眼睛里。记忆的大幕被轰然打开，那些一个人被锁在家里哭泣的日子，那些跟随大一些的孩子满世界疯跑的日子，还有那些幸福、酸楚、悲伤、痛苦，那些几乎难以言说的成长滋味，像一道道光点侵入我的灵魂。我承认彼时我的写作技巧还非常拙劣，语言也生涩滞重，但毕竟有了一个连自己都感到吃惊的开始。

那是怎样的童年呢？20世纪80年代，在赣南，在一座名叫麦菜岭的小山村。时间仿佛过得缓慢而悠长，我有大把的光阴可供挥霍。那时候，我与村里所有的孩子一样，上山摘野果，下地与泥巴较劲儿，放牛、喂猪、玩水、爬树，后面时常跟着一只忠实地摇着尾巴的家狗。那时候，我并没有民族身份的体认，在重要的日子里，父亲领着我们扫墓，祖母带着我们祭祖，母亲为我们做出各种平时难以品尝到的美食，仅此而已。我不知道外面的世界是怎样的，我以为全世界的人都是这么生活的。

唯一的不同是，我比别人略微早熟，很小就能分辨大人不怀好意的玩笑，并保持沉默，甚至对那些试图从我嘴里挖出父母隐私的人心生敌意。而我的小伙伴并没有这样的先知先觉，他们常常不假思索地脱口而出，引得大人捧腹大笑，像一只被耍弄的猴子。村里的人没有多余的娱乐，只能在暧昧的玩笑中寻找乐子。我厌恶这一切低俗无聊的游戏，由此早早地远离人群，宁愿与自然万物对视对话。

偶尔，我能看见车子在麦菜岭的简易公路上颠簸驱驰，它们前行的方向，大概就是我心目中的远方了。山的外面还有些什么？我有着莫名的躁动和不安，内心常常有奔跑的冲动，孤独感伴随着我成长的整个过程。我只是隐隐觉得，未来不应该仅仅局限于麦菜岭这一方天地。

囿于家贫，被迫于小学中止了学业的母亲告诉我，改变命运的方式只有一个，那就是读书。我对母亲言听计从，只是当时我并不知道，读书不仅仅是改变命运的唯一途径，它还将我引入了文学的幽深之境，直到难以自拔。那是20世纪90年代，我第一次离开麦菜岭，去往邻县的一所师范上学。户口也随之由农转非，迁到了邻县。从某种意义上说，我的命运已经发生了翻天覆地的变化。在那所师范学校里，我如饥似渴地阅读，并热烈地追逐着文学之光。当然，从梅江河吹过来湿润的江风，也扇动着青春的懵懂与萌动。

马尔克斯说："现实并非纸上之物，它就在我们身边，每天左右无数生死，同时也滋养着永不枯竭、充满了美好与不幸的创作源泉"。

是的，如果要把我的写作历程做一次回顾和总结，个体的经验无可避免地成为我早期写作的不竭源泉。宿命让我们隐遁，也让我们无处可逃。那根植于乡土的童年、少年生存经历，青春期的错愕与茫然，成长的阵痛和暗喜，像时间设下的迷局，一次一次地回旋于脑际，我只能借助于文字，一遍遍去寻找谜底。比如，发表于《海外文摘（原创版）》的《乡野蛇事》，便可看作还原 20 世纪 80 年代乡村生活的个人早期作品。

我知道，是读书让我对生命有了更丰富的思索和追问。我深深体味着母亲的不易和伟大。在麦菜岭，多少女孩儿被早早地从学校拽回。没有人告诉她们，你需要一个怎样的未来。贫穷贯串了我的整个童年与少年，但我又如此富有，因为我有一个眼光超过了所有农村妇女的母亲。后来，我写下散文《被时光雕刻的学费》，记录下自己的幸运以及那个时代里许多女孩儿的不幸、抗争和认命。直到今天，仍然有人在读到这篇散文之后，羡慕我拥有一个伟大的母亲。她告诉我，她对母亲的恨至今无法消除，恨那种重男轻女的自私，恨短视的蛮横和剥夺。然而，时代之痛，岂是一个恨字可以说尽？

2013 年，我试着将那篇散文发送到了《民族文学》的公共邮箱，没想到很快就发表了。那应该是我第一次作为畲族作者的身份被发现，也开启了我对本民族作家群体的寻找和归依之路。次年，畲族作家山哈通过时任《民族文学》编辑的陈集益老师找到我。于是，我与一群来自天南地北的畲族作家有了一次景宁寻根之旅。回来以后，我写下散文《寻找山哈》和《遗落在北方的麦子》，写对于本民族文化根源的追寻、反思和期盼。这两篇散文，前者在全国首届"山哈杯"畲族文学大奖赛中获奖，后者发表于《文艺报》。这应该看作是我从乡村经验、女性身份写作走向民族身份体认写作的一种全新开始。并且，我有了一种确定和安稳感，因为这个族群不是我一个人在写，而是一群人在写。

经验像一条蜿蜒向前的河流，时间越往后淌，河流所承载的东西越芜杂、庞大。

仍然是在景宁，我在看见一对母女发生冲突的同时，倏然间打开了潜藏于命运深处的血缘爱恨、成长之痛。那篇被命名为《钝痛》的散文，顺利地在《青年文学》散文头条发表。就像穹顶布下了光亮，我仿佛找到了一把打开成长之谜的钥匙。紧接着，我写下《底片》，写下20世纪90年代，一群人在渴望与封闭中交织的隐秘青春。这篇散文又一次发表于《民族文学》，并且作为特别推荐登上了封面。

很多时候，我觉得自己就是一个灵感瞬间的捕捉者、记录者。另一篇散文《当花瓣离开花朵》的写作，触发点仅仅是一缕桂花散发的香味。少年时奔跑于山林间砍柴的情景，在那一刻像灵魂附体，欲罢不能。那篇散文发表于《民族文学》2015年第3期，发表时有修改和删减，编辑石彦伟对它倾注了很多心血。我完全没有料到它会给我带来如此多的幸运，先是《散文选刊》转载，而后又获得了当年的《民族文学》年度散文奖。也正是这个奖项，成了助推我进入鲁迅文学院高研班学习的重大力量。

从2013年到现在，我有着长达六年多的乡村工作经历。住在村部的时光显得漫长而又单一，各种表册的填写枯燥乏味。但是，当我重新进入乡村，发现这已经不是我记忆中的乡村了。此时的乡村，早已经过了改革开放和乡村城镇化的巨大裂变。乡民纷纷离开了乡地，奔赴外乡。有的也混出了模样，成为某个小工厂的法人，或者某个企业的高管，在城市里挣得了一席之地。但这样的人毕竟是凤毛麟角，出现的概率太低太低。更多的人年复一年背井离乡，在流水线和脚手架上用高强度的劳动换取仅够一家人糊口的钱，有的甚至付出了宝贵的生命。

他们大半辈子赚的钱，甚至不够建起一座像样的新房，不够将几个孩子送进大学。可是，你不能说他们是没有梦想的人，你不能说他们是没有为梦想而奋力拼搏过的人。

在那期间，我对写作有了一种新的警醒。经验固然是一种快捷而又善于驾驭的书写素材，然而沉溺于个体经验，必然无法真正接近更广阔的现实。我们目睹着时代发生各种各样的变化，我们有责任把它记录下来。于是，我开始转向了对于他者命运的观照，这也可看作是写作上从"小我"到"大我"的一次转变。在《药》《游荡的灵魂》《在歧路上奔跑》《你的世界是一把漏雨的伞》等作品中，我对农村现实进行了更为全面的叙述。

与此同时，我并没有完全疏离对民族经验的书写。当记忆一再潜入，并喷涌而出，我于2017年写下散文《通灵者》（发表于《芒种》），将笔触对准乡村的一个特殊而神秘的群体——通灵者，描述所见所闻，以及由此产生的现代文明与古老习俗的碰撞和矛盾。作品中我还将外婆置于通灵场域，展现一个中年丧偶的女人半生依靠通灵术来思念亡夫，暂时远离孤独的生命情态。

在时间之镜下，历史与现实都显得如此繁复多元。近年来，我担任了人民陪审员一职，在各种案件的审理过程中，我感觉自己更加逼近充满矛盾冲突的现实。人类群体共同的精神处境，在新的时代，在情与法与理面前，呈现出无比复杂的面貌。我由此对生命价值、人际关系、人性等问题也有了新的更深刻的思索。写作长篇纪实散文《陪审员手记》的过程，是我的创作能力得到迅速提升的阶段。当我真正全身心地投入到一项堪称艰难而庞大的事业当中时，能感觉到自己的视野正在呈扇形张开，我将不再单单沉溺于个人情绪和民族记忆的自我书写，而是进入对更广大的世界和更广大人类命运的关注当中。这毋庸置疑成了一次关键性的转折，无论对待生活还是写作，我都将离虚妄远一点儿，离现实近一些。并且，不再执着于构造语言的华丽宫殿，而是把作品的质地看得比外观更为重要。我相信，这部作品最终会成为我写作生涯中分量很重的那部分。

风吹过来，所有的树叶都会摇曳，正如一个人的内心被文学唤醒。写作是匹马孤征的事业，我常常沉浸在一个人的黑夜里，一次次经历着临产阵痛般的煎熬。而白天总会在我们睁开眼睛的时候如期而至，我没有放过那幽微或明媚的光影变化，像西西弗斯那样从未想过后退或停止。只不过，他是在亘古的时间里推动石头，而我捉住了时间泄漏的光斑。